Ravensburger Taschenbücher

Band 188

Emily Neville

Ein heißer Sommer in New York

Otto Maier Verlag Ravensburg

Ausgezeichnet mit der John Newberry Medal für das beste amerikanische Jugendbuch
Aufgenommen in die Bestliste des Deutschen Jugendbuchpreises

Zweite Auflage in den Ravensburger Taschenbüchern
Lizenzausgabe mit Genehmigung
der Christlichen Verlagsanstalt GmbH,
Friedrich Bahn Verlag, Konstanz
Dort unter dem Titel: »Mein Kater und ich«

Aus dem Amerikanischen übertragen von Eva Haumann
Titel der Originalausgabe: »It's like this, Cat«
bei Harper & Row, New York

Umschlagentwurf: Dietrich Kirsch und Jutta Kirsch-Korn

Gesamtherstellung: Druckerei Am Fischmarkt, Konstanz
Printed in Germany 1972
ISBN 3 473 39188 3

Inhalt

7 Kater und Kati
13 Kater und die Unterwelt
24 Kater und Coney
31 Rauferei
39 Manhattan
46 Brooklyn
56 Rettung in letzter Minute
63 West Side Story
69 Väter
73 Kater und die Autobahn
81 Rosch ha-Schanah auf dem Fultoner Fischmarkt
91 Der rote Wassermolch
99 Das linke Ufer von Coney Island
108 Auf der Fähre
115 Dollars und Katzen
121 Reichtum
129 Telefonnummern
134 Prost, Kater!

Kater und Kati

Mein Vater redet immerzu davon, wie erzieherisch ein Hund auf einen Jungen wirken kann. Das ist ein Grund dafür, daß ich mir eine Katze anschaffte.

Mein Vater redet sowieso eine Menge. Vielleicht hängt das mit seinem Beruf zusammen: Er ist nämlich Rechtsanwalt. Außerdem ist er klein und hat nur noch ganz wenige silbrige, krause Härchen – vielleicht glaubt er darum, recht viel poltern zu müssen, um den Mangel an Haaren und Stärke auszugleichen. Ma ist dünn und still, und wenn sie sich aufregt, bekommt sie Asthma. In unserer Wohnung – wir wohnen mitten in New York City – haben wir keine schweren Vorhänge oder Teppiche, und es gibt nichts Gebratenes bei uns, weil der Arzt der Ansicht ist, Staub und Rauch würden ihr Asthma verschlimmern. Ich glaube aber nicht, daß es am Rauch liegt, eher an Pas Gepolter.

Und Pas Gepolter war letzten Endes auch der Grund dafür, daß ich den Kater heimbrachte. Ich hatte mir nämlich um die Ecke in Gramercy Park als Babysitter für einen kleinen Jungen etwas Taschengeld verdient und das Geld für eine Belafonte-Platte ausgegeben. Auf dieser Platte kommt ein Stück vor, in dem ein Vater seinem Sohn von den Vögeln und den Bienen erzählt. Ich finde das lustig. Doch Pa explodiert.

»Du spielst diesen Quatsch in meinem Haus nicht noch mal!« donnert er. »Warum bist du eigentlich nicht draußen an der frischen Luft? Als ich in deinem Alter war, verdiente ich mir mein Geld mit Zeitungsaustragen, und mein Hund Jeff und ich jagten an manchem schönen Samstag zehn Meilen weit hinter den Kaninchen her.«
»Pa«, sage ich geduldig, »auf der 3. Avenue laufen keine Kaninchen herum. Wirklich, da gibt es keine.«
»Werd nicht frech!« Pa reißt den Stecker so grob aus dem Plattenspieler, daß die Nadel aus der Rille springt und meine Platte wahrscheinlich ruiniert ist. Da packt mich die Wut, und ich fange ebenfalls an zu brüllen. In den Atempausen hören wir beide, wie Ma in der Küche zu keuchen beginnt.
Pa faucht: »Da siehst du es – du hast deine Mutter aufgeregt!«
Ich knalle den Deckel auf den Plattenspieler, schnappe einen Stock und einen Ball und sause die drei Treppenläufe hinunter auf die Straße.
Solch eine Szene hat sich nicht zum erstenmal zwischen Pa und mir abgespielt, und allmählich habe ich eine Methode entwickelt: Wenn ich wütend unsere Haustür hinter mir zuknalle, gehe ich meistens zu Tante Kati hinüber. Sie ist nicht meine richtige Tante. Die Kinder aus der Nachbarschaft nennen sie verrückte Kati oder Katzenfrau, weil sie in komischen alten Kleidern und Segeltuchschuhen die Straße entlangspaziert, Selbstgespräche hält und manchmal ein halbes Dutzend oder mehr streunende Katzen bei sich wohnen hat. Schon möglich, daß sie ein bißchen plemplem aussieht, aber das kommt nur daher, daß sie alles auf ihre eigene Weise tut und sich einen Dreck darum schert, was die Leute von ihr denken. Sie ist durchaus normal und

ganz in Ordnung. Sie macht mir sogar einen wesentlich vernünftigeren Eindruck als mein Pa.
Vor drei oder vier Jahren lernte ich Kati kennen. Ich war damals noch ein kleiner Kerl und stürzte nach irgendeiner Schlacht mit Pa laut heulend unsere Treppen hinunter. Ich sauste aus der Tür und, ohne mich umzusehen, mitten auf die Straße. Im selben Augenblick hörte ich Bremsen kreischen und fühlte, wie jemand mich am Kragen packte, zurückriß und wie ein Bündel auf den Bürgersteig fallen ließ.
Ich blickte auf und sah einen schwarzglänzenden, als Arztauto gekennzeichneten Wagen und Kati, die dem Fahrer mit dem Schirm drohte und ausrief: »Hören Sie, Herr Doktor Großtuer, wem wollen Sie das Leben retten? Können Sie nicht einmal auf ein plärrendes Kind aufpassen, das über die Straße läuft?«
Der Arzt machte ein ziemlich dämliches Gesicht, und ich wohl auch. Ein paar Spaziergänger blieben stehen, sahen uns zu und kicherten. Unser Hausmeister Butch war auch da und drohte mir mit dem Finger. Kati nickte ihm zu und sagte, sie werde mich mit nach Hause nehmen und mich wieder aufmöbeln.
»Ja, gnä' Frau«, sagte Butch. Er sagt zu allen Damen »ja, gnä' Frau«.
Kati nahm mich an die Hand und schleppte mich mit in ihre Wohnung. Sie sagte kein Wort, als wir ankamen, sondern schubste mich nur in einen von Katzen belagerten Sessel. Dann holte sie mir eine Tasse Tee und eine Schüssel Quark.
Da hörte ich auf zu schluchzen und fand meine Sprache wieder. »Worauf soll ich den Quark schmieren?« fragte ich.
»Auf gar nichts. Iß ihn einfach so. Iß jeden Tag eine Schüssel davon. Da, nimm dir auch noch eine Orange.

Aber ja keine Kekse und keine Schleckereien, nichts von diesem süßen, klebrigen Zeug. Und keine grünen Bohnen, sie tun dir nicht gut.«
Mir fielen vor Verwunderung fast die Augen aus dem Kopf, aber ich glaube, ich kapierte gleich an jenem ersten Tag, daß es bei Kati keine Widerrede gibt. Ich aß den Quark – er schmeckt sowieso nach nichts –, und über die grünen Bohnen war ich bestimmt schon immer einer Meinung mit ihr.
Von da an habe ich Kati oft gesehen. Ich traf sie auf der Straße, wenn sie irgendeiner struppigen, alten streunenden Katze zuzwitscherte, die sich unter einem Auto versteckt hatte; sie kam jedesmal hervor und ließ sich streicheln. Manchmal tanzte eine Schar Kinder um sie herum: Sie machten sich über sie lustig und nannten sie eine Hexe. Ich kam mir immer besonders gut und wichtig vor, wenn ich sie wegjagen konnte.
Oft ging ich mit Kati ins Kaufhaus und half ihr, das Katzenfutter, den Quark und das Obst heimzutragen. Im Laden hält sie ununterbrochen Selbstgespräche, und wenn sie die Pfirsiche oder Melonen einmal nicht schön genug findet, schreit sie quer durch die Halle nach dem Geschäftsführer. Er kommt dann herüber und sucht ihr ein Musterexemplar heraus, nur um des lieben Friedens willen.
Ich machte Kati mit Ma bekannt, und sie kamen recht gut miteinander aus. Kati mißtraut den meisten Leuten; sie hat wohl Angst, sie machen sich über sie lustig. Meine Ma ist nicht mißtrauisch, aber sie ist zurückhaltend, und weil sie mit ihrem Asthma und der Anstrengung, zwischen Pa und mir Frieden zu halten, vollauf beschäftigt ist, geht sie kaum aus und kommt mit niemand zusammen. Sie plauderte mit Kati, wenn sie sich beim Einkaufen trafen, oder sie setzten sich an sonni-

gen Tagen zusammen auf die Veranda. Kati schüttelte den Kopf über Mas Asthma und meinte, sie würde es bestimmt los, wenn sie täglich Quark äße. Ma aß ihn eine Zeitlang, aber sie strich sich Mayonnaise darauf, die nach Katis Meinung Gift ist.

An dem Tag der Schlacht mit Pa wegen der Belafonte-Platte ist es draußen kalt und windig, und weit und breit sind keine Kinder zu sehen. Ich knalle meinen Ball gegen die Wand, auf der »Ballspielen verboten« steht, nur um mich abzureagieren und meinen Zorn ein wenig verrauchen zu lassen. Dann gehe ich zu Kati. Kati hat eine ständige Hauskatze mit Namen Susan und so viele Junge, wie Susan zufällig gerade geboren hat. Das ist verschieden. Gewöhnlich logieren noch ein paar streunende junge Kätzchen vorübergehend in ihrer Wohnung, aber ich habe bisher noch nie einen Kater dort gesehen. Heute sitzt Susan mit ihren Jungen unter dem Ofen und faucht ständig einen mächtigen, tigergestreiften Kater an, der sich unter das Sofa duckt. Er wendet den Kopf von ihr weg und sieht aus, als habe er niemals die Absicht, sich auf ein Familienleben einzulassen. Für einen streunenden Kater macht er einen gepflegten, wohlgenährten Eindruck. Sobald er den Schnurrbart bewegt, gibt Susan wieder ein warnendes Fauchen von sich. Sie hält nichts vom väterlichen Besuchsrecht.

Kati schenkt mir Tee ein und fragt, was los ist.

»Mein Pa ist mal wieder ein Dynamitfaß«, sage ich.

»Irgendwoher mußt du es ja haben«, sagt Kati und nimmt mir den Wind aus den Segeln. Ich wechsle das Thema.

»Wie kommt es, daß der Katzenpapa heute im Hause ist? Ich habe hier noch nie einen ausgewachsenen Kater gesehen.«

»Er hat bemerkt, wie ich ein paar Dosen Katzenfutter kaufte, und folgte mir bis nach Hause. Susan tut so, als habe sie ihn noch nie gesehen und als wolle sie ihn auch nicht kennenlernen. Ich glaube, ich werde ihn noch mal füttern und ihm dann den Laufpaß geben. Er ist ein hübscher Bursche.« Kati krault ihn zwischen den Ohren, und er dreht behaglich seinen Kopf. Susan faucht.

Er will sich gerade wieder unter das Sofa zurückziehen. Ohne zu überlegen oder ihm Zeit dazu zu lassen, nehme ich ihn hoch. Susan macht einen Buckel und faucht. Ich fühle, wie seine Körpermuskeln sich anspannen, als er zum Sprung von meinem Schoß ansetzt. Dann besinnt er sich jedoch eines Besseren und beschließt, es sich auf dem Schoß bequem zu machen. Er verengt seine Augen zu einem schmalen Spalt, wirft einen gelangweilten Blick auf Susan und wendet mir den Kopf zu. Nachdem er mich gründlich beäugt hat, tut er so, als habe er sich nur umgedreht, um sich den Rücken zu lecken.

»Kater«, sage ich zu ihm, »was hältst du davon, mit mir heimzugehen?«

»Ha!« lacht Kati. »Dein Vater wird ihn wieder hinausbefördert haben, bevor du Zeit hast, ›guter alter Jeff‹ zu sagen.«

»Jaaa?« Ich sage es langsam und denke nach. Den Kater mit nach Hause zu nehmen, war eigentlich nur ein flüchtiger Gedanke gewesen, aber jetzt beschließe ich, es auf die Auseinandersetzung mit Pa ankommen zu lassen. Ich gönne ihm seine Erinnerungen an den guten alten Jeff und die Kaninchenjagd, aber ich werde mir diesen Tiger anschaffen.

Tante Kati gibt mir eine Dose Katzenfutter und eine Schachtel Streu mit, dann kann ich den Kater in mei-

nem Zimmer behalten; es fällt mir nämlich ein, daß Ma wahrscheinlich auch von Haustieren Asthma bekommt. Der Kater und ich gehen nach Hause.
Als wir ankommen, platzt Pa los und schimpft heftig, aber ich setze den Kater einfach in meinem Zimmer ab und versuche nicht mit Pa zu argumentieren, damit ich nicht auch wütend werde. Ich verspreche, ihn bei mir im Zimmer zu behalten und die Katzenhaare aufzufegen, damit Ma es nicht zu tun braucht.
Zum Schluß sagt Pa: »Ich denke, du wirst dir ab jetzt mit der Mausejagd Bewegung verschaffen. Wie soll das edle Tier denn heißen?«
»Hör zu, Pa«, erkläre ich, »ich weiß, daß er ein Kater ist, er weiß, daß er ein Kater ist, und er heißt Kater. Und wenn du ihn auch mit Lyndon B. Johnson anredest, kommt er nicht zu dir und leckt dir nicht die Hand, verstehst du?«
»Das soll er auch lieber lassen! Und meine Hand wird dir gleich hinter den Ohren lecken!« schnauzt Pa.
»Schon gut, schon gut.«
Mein Pa schimpft manchmal so lange, daß es eine Erleichterung wäre, wenn er wirklich einmal ausholen und mir eine kleben würde, aber das tut er nie.
Wir lassen den Kampf für heute unentschieden ausgehen, und Kater gehört mir.

Kater und die Unterwelt

Kater fühlt sich in meinem Zimmer schon recht wohl. Am liebsten sitzt er auf einer erhöhten Stelle; also lege ich einen alten Pullover auf die Spiegelkommode neben meinem Bett und lasse ihn hier oben schlafen.

Wenn er mich morgens gerne wecken möchte, macht er einen Satz und landet mitten auf meinem Bauch. Glaubt mir, Katzen landen nicht immer sanft – nur wenn sie wollen. Eine Katze tut nichts, was sie nicht auch wirklich tun will. Mir gefällt das.

Wenn ich mich morgens kämme, thront er manchmal auf seinem erhöhten Platz und blickt auf mein Spiegelbild. Es sieht aus, als mache er Bestandsaufnahme: »Hmm, vorstehende Zähne, rotblondes Haar, vorn weich anliegend, hinten etwas abstehend; braune Augen, sehen im Dunkeln nichts, sind keinen Heller wert; Pickel auf dem Kinn. Schade.«

Ich erwidere seinen Blick im Spiegel und sage: »Na schön, schwarzes Gesicht, gelbe Augen und ein weißes Schnurrbarthaar. Wo hast du nur dieses eine weiße Schnurrbarthaar her?«

Er sieht sich nun selbst im Spiegel und zuckt einen Augenblick mit dem Schwanz. Er scheint zu wissen, daß es sich nicht wirklich um eine andere Katze handelt, aber trotzdem spreizt er die Pfoten und betastet den Spiegel leicht, eben nur, um ganz sicher zu sein.

Wenn ich auf dem Bett liege und lese, rollt er sich manchmal zwischen meinen Knien und dem Buch zusammen. Aber nach ein paar Tagen merke ich, daß er immer unruhiger wird. Es wird so schlimm, daß ich mir keine Platte mehr anhören kann, weil er mit seinem Kratzen auf dem Teppich solchen Lärm macht. Ich kann ihn in der Wohnung nicht frei herumlaufen lassen, zumindest nicht, bevor wir uns davon überzeugt haben, daß Ma kein Asthma von ihm bekommt. Es wird wohl am besten sein, wenn ich ihn wieder in die große Welt draußen einführe. An einem schönen Sonntagmorgen im April gehen wir hinunter und setzen uns auf die Veranda.

Kater läßt sich nieder. Wie er so groß und sauber dasitzt, sieht er aus wie eine aufrechtstehende Birne. Er kneift seine Augen halb zu und blinzelt gelangweilt auf die Straße, als sei sie ihm nicht gut genug. Nach einer Weile geruht er jedoch, sich die Treppe hinunterzubewegen, und er legt sich auf eine sonnige, staubige Stelle mitten auf den Bürgersteig. Die Passanten müssen einen Bogen um ihn machen, und er blinzelt sie an. Dann schnellt er auf, wirft einen ziellosen Blick über die Schulter und schießt die Kellertreppe hinunter. Ich sehe nach, wo er hingeht, und da schreitet er langsam auf den Hinterhof zu, den Kopf gesenkt, wie ein Tiger auf der Suche nach Beute. Ich ziehe vor, in der Sonne sitzen zu bleiben, um meinen Zukunftsroman zu Ende zu lesen, bevor ich ihm nachspüre.

Als ich mich aufmache, ist er nicht mehr zu sehen, und der Hausmeister sagt mir, er sei auf die Mauer hinauf und wahrscheinlich in einen der anderen Höfe hinabgesprungen. Ich sehe mich eine Zeitlang um und rufe, aber er läßt sich nicht blicken, und ich gehe hinauf zum Mittagessen. Gegen Abend kratzt Kater an der Wohnungstür und kommt herein, als hätte er es schon zeit seines Lebens so gemacht.

Daraus wird eine Gewohnheit. Manchmal kommt er nicht einmal nachts nach Hause, und wenn ich morgens die Milch hereinhole, sitzt er auf der Fußmatte und sieht mich beleidigt an.

»Ist es vielleicht meine Schuld, daß du die ganze Nacht über draußen geblieben bist?« frage ich ihn.

Er stellt seinen Schwanz steil nach oben und marschiert durch den Flur geradewegs in die Küche, wo er darauf wartet, daß ich die Milchflasche öffne und ihm das Katzenfutter serviere. Dann legt er sich schlafen.

Eines Morgens ist er nicht da, als ich die Tür öffne,

und als ich aus der Schule zurückkomme, ist er immer noch nicht aufgetaucht. Ich mache mir Sorgen und gehe hinunter, um mit Butch zu sprechen.
»Naaa«, sagt Butch, »manchmal setzt sich dieser Kater eine Weile zu mir und erzählt mir etwas, aber meistens geht er weiter zur 21. Straße, wo er sich zu seiner Freundin setzt und der etwas erzählt. Letzte Nacht wurde es wieder kalt, da haben viele Hausbesitzer ihre Heizungen eingeschaltet und ihre Keller abgeschlossen. Vielleicht wurde er irgendwo eingesperrt.«
»In welchem Haus wohnt seine Freundin?« frage ich.
»Sechsundvierzig, das große da. Seine Freundin ist eine kleine schwarzweiße Katze, sie gehört ja wohl dem Nachtwächter dort. Wenigstens füttert er sie.«
Ich gehe zur 21. Straße hinüber und zum Haus Nr. 46; es ist ein ganz schmuckes Gebäude mit einem gestreiften Sonnendach und einem Portier, der an der Vorderseite umherschlendert und sich alle paar Minuten umsieht.
Während ich mich so umsehe, kommt ein Botenjunge mit seinem Karren und geht mit einer Schachtel voller Lebensmittel in das Kellergeschoß. Das bringt mich auf eine Idee. Ich werde dem Jungen noch Zeit lassen, mit dem Lift nach oben zu fahren, und dann werde ich mich in den Keller begeben und Kater aufstöbern. Wenn jemand kommt und mich dabei ertappt, kann ich mich immer noch dumm stellen.
Ich gehe hinunter, die Luft ist rein. Der Lift ist bereits hinaufgefahren, und ich schleiche mich durch einen großen Raum, in dem die Mieter ihre Kinderwagen und Fahrräder abstellen. Dahinter verzweigt sich der Keller in mehrere Gänge, die durch lose von der Decke herabbaumelnde Zwanzig-Watt-Birnen erleuchtet werden. Man sieht kaum etwas. An beiden Seiten der

Gänge befinden sich vergitterte Verschläge, in denen die Mieter Gerümpel wie Koffer und alte Kinderbetten und Vogelkäfige aufbewahren. Sie sind alle verschlossen.

»Miau, miau, miau!« Kein Zweifel, das ist Kater, und dazu noch wütend.

Das Geräusch kommt aus dem hinteren Ende eines Ganges. Ich taste mich voran, spähe in jeden einzelnen Verschlag und suche in allen finsteren Winkeln nach einem Tigerkater. Glücklicherweise glühen seine Augen, und er miaut noch einmal, so daß ich ihn schließlich in einem der fest verschlossenen Verschläge erblicke, noch ehe ich das Ende des Ganges erreicht habe. Ich weiß nicht, wie er hineingekommen ist, und ich habe keine Ahnung, wie ich ihn herausholen soll.

Während ich noch nachdenke, bewegen sich Katers Augen plötzlich ruckartig von mir weg nach rechts, dann wieder zu mir zurück. Kater ist bestimmt ganz still, und ich auch, aber irgend etwas ist zu hören. Es ist nur ein ganz schwaches Rascheln, ein Atemzug vielleicht, aber ich habe das unheimliche Gefühl, daß jemand in der Nähe steht. Ganz hinten am Ende des Kellerganges bewegt sich ein Schatten, und ich kann einen hellen Fleck erkennen – ein Gesicht. Es ist ein Mann, und er kommt auf mich zu.

Ich kann mir nicht vorstellen, warum sich irgendein Bewohner des Hauses hier unten herumtreiben sollte, aber ich bin überzeugt, daß es sich um einen solchen handelt. Ich fange also zu erklären an: »Ich suche nur meinen Kater ... ich meine, er wurde in einen dieser Verschläge eingeschlossen. Ich will ihn nur herausholen.«

Der Bursche atmet hörbar aus, langsam, als ob er eine ganze Weile die Luft angehalten hätte. Da merke ich,

daß er auch nicht in diesen Keller gehört, und daß ich ihn erschreckt habe.
Er kommt näher und macht ganz leise »pst, pst«. Er ist größer als ich, doch kann ich sein Gesicht nicht genau erkennen, aber ich bin sicher, daß er noch ziemlich jung ist, vielleicht achtzehn.
Er sieht auf das Vorhängeschloß an dem Verschlag und sagt: »Bah, kleine Fische!« Er holt eine Büroklammer aus der Tasche und biegt sie auseinander; ich denke, vielleicht hat er auch noch ein Federmesser, aber da ist das Schloß auch schon offen.
»Toll, wie hast du das gemacht?«
»Pst! Jemand hat es mir gezeigt. Hol jetzt deinen Kater und mach, daß du fortkommst!«
Menschenskind, denke ich, vielleicht ist der Kerl ein Einbrecher, und da überkommt mich das unheimliche Gefühl von neuem. Aber würde ein Einbrecher sich die Zeit nehmen, den Kater eines Jungen zu befreien?
»Also, danke für den Kater. Bis später mal«, sage ich.
»Pst! Ich wohne nicht hier in der Gegend. Beeil dich, bevor wir beide entdeckt werden.«
Vielleicht ist er doch ein richtiger Einbrecher und hat sogar eine Pistole, denke ich, und als ich mich an den Aufzügen vorbeigedrückt habe und in den kühlen Aprilwind hinauskomme, spüre ich den kalten Schweiß auf meinem Rücken. Ich halte Kater eine lange Strafpredigt und befehle ihm, sich in Zukunft vor fremden Kellern in acht zu nehmen. Schließlich kann ich nicht damit rechnen, jedesmal einen Einbrecher bei der Hand zu haben, der ihn mir herausholt.
Daheim legen wir eine schöne Schnulze auf und strecken uns beide auf dem Bett aus, um nachzudenken. Der Bursche machte äußerlich eigentlich nicht den Eindruck eines Einbrechers, und er drückte sich auch

nicht ordinär aus. Aber vielleicht reden gar nicht alle Einbrecher ordinär – nur die im Fernsehen. Immerhin, er wurde schnell mit dem Schloß fertig, und bestimmt hatte er in dem fremden Keller etwas vor.
Vielleicht sollte ich jemand Bescheid sagen. Ich denke, ich werde Pa ganz unauffällig aushorchen. »Seltsame Typen treiben sich in unserer Nachbarschaft herum«, sagte ich beim Essen. »Heute nachmittag sah ich einen verdächtigen Burschen um Haus Nr. 46 herumlungern. Vielleicht war er sogar ein Einbrecher.«
Ich erwarte, daß Pa mich zumindest fragt, was er dort gemacht hat, und vielleicht erzähle ich ihm dann die ganze Geschichte von Kater und dem Kellerverschlag. Aber Pa sagt: »Falls du es noch nicht wissen solltest: Einbrecher sehen nicht alle wie Humphrey Bogart aus, und sie tragen keine Armbinden.«
»Danke für die Auskunft«, sage ich und esse weiter. Auch wenn Pa mich beleidigt, werde ich mir mein Steak mit Zwiebeln dadurch nicht versauern lassen, denn das gibt es bei uns nicht allzuoft.
Am nächsten Tag spaziere ich die 21. Straße entlang und sehe den Verwalter von Nummer 46 am Hintereingang stehen; ich versuche es also noch einmal und sage zu ihm: »Wir haben gestern hier Ball gespielt, und da sahen wir einen komisch aussehenden Burschen in Ihren Keller schleichen. Er war kein Botenjunge.«
»So? Bist du sicher, daß du es nicht selbst oder einer deiner halbstarken Kumpane war, der ein Fahrrad abstauben wollte?«
»Ich staube keine Räder ab. Ich habe selbst eines. Ganz neu, Marke Raleigh. Besser als der ganze alte Kram, den Sie da drin haben.«
»Woher weißt du, was ich hier drin habe, du Neunmalkluger?«

»Ach, schon gut.« Ich merke, daß ich ihm allmählich verdächtig werde. Das kommt davon, wenn man einmal ein guter, wohlmeinender Staatsbürger sein will. Ich komme zu der Überzeugung, daß mein Einbrecher, wer es auch immer sein mag, wesentlich netter ist als der Verwalter, und ich hoffe, daß er einen guten Fang gemacht hat.

Am nächsten Tag hat es ganz den Anschein. Eine Schlagzeile in unserem Lokalblatt »Stadt und Dorf« lautet: »Keller in Gramercy Park ausgeraubt.« Ich lese den Artikel.

»Der Verwalter Fred Snood untersuchte die Kellerverschläge, nachdem ein jugendlicher Passant ihm angedeutet hatte, daß etwas gestohlen worden sei. Er fand einen Verschlag offen und stellte fest, daß ein Koffer fehlte. Die Polizei schließt nicht aus, daß es sich bei dem Jugendlichen um den Einbrecher selbst oder zumindest um einen Komplicen handelt, der ein schlechtes Gewissen hatte oder sich übervorteilt fühlte. Nach dem betreffenden Jungen wird daher für ein Verhör gesucht. Mr. Snood beschreibt ihn folgendermaßen: etwa sechzehnjährig, mittelgroß, mit langem Halbstarkenhaarschnitt, er trug einen dicken schwarzen Pullover. Außerdem werden Gebrauchtwarenläden nach dem fehlenden Koffer durchsucht.«

Der Einbrecher hat einen Koffer gestohlen, der wertvolle Papiere und einiges Silber und Schmuckstücke enthielt. Aber der Bursche, den sie jetzt suchen – ich lese den Abschnitt noch einmal durch und mir wird mulmig dabei –, der bin ich. Ich stehe auf und sehe in den Spiegel. Sonst mag ich es gern, wenn man mich für sechzehn hält, wo ich doch erst vierzehn bin. Ich glätte mein Haar und begutachte es verstohlen: Der Halbstarkenschnitt sitzt gut.

Langsam schäle ich mich aus meinem schwarzen Pullover, den ich fast ständig trage, und stopfe ihn in meine unterste Schublade unter die Badehose. Wenn ich mich jedoch weiterhin frei und ohne Furcht vor einem Polizisten auf der Straße bewegen will, muß ich noch mehr tun. Ich ziehe ein weißes Hemd an, binde eine Krawatte um, schlüpfe in ein Jackett und stülpe mir eine Mütze auf den Kopf. Mit der Untergrundbahn fahre ich stadtaufwärts, steige in der 68. Straße aus und suche mir einen Friseurladen.

»Meckischnitt«, sage ich.

»Sehr richtig. Ich werde Sie fein säuberlich stutzen. Weg mit all diesem überflüssigen Zeug.«

Und während er wie ein Idiot so weiterschnattert, muß ich zusehen, wie eine mühselige Geduldsarbeit von drei Monaten, schnipp-schnapp, auf den Fußboden segelt. Dann muß ich auch noch dafür bezahlen. Zu Hause noch einmal der gleiche Dreh. Pa blickt auf meine Musterschüler-Frisur und sagt: »Na, vielleicht siehst du eines Tages durchaus menschenähnlich aus!«

Zwei Tage später stellt sich heraus, daß ich meine Haare hätte behalten können. »Stadt und Land« bringt eine neue Geschichte: »Kellerdieb gibt Beute zurück. ›War nur eine Wette‹, sagt er.«

Die Geschichte ist recht interessant. Der Bursche, dem ich im Keller begegnet bin, heißt Tom Ransom. Er ist neunzehn Jahre alt und treibt sich so in der Stadt herum. Er scheint keine Familie zu haben. Die Polizei hatte einen Detektiv mit der Bewachung von Nummer 46 beauftragt; bald darauf kommt Tom mit dem gestohlenen Koffer anspaziert. Er stellt ihn innerhalb des Boteneingangs ab und geht weiter, aber der Polizist packt ihn am Kragen. Ich glaube, wenn ich meinen dummen Mund nicht so weit vor dem Verwalter aufgerissen

hätte, wäre die Gegend nicht von der Polizei bewacht worden. Ich fühle mich in gewisser Weise verantwortlich.
Das Blatt berichtet weiter, daß der Kerl pleite sei und einen Job suche; irgendein anderer Bursche habe ihn herausgefordert, etwas aus einem Keller zu klauen, und ihm schließlich sogar zehn Dollar dafür angeboten; er tut es. Als er herauskommt, stellt er fest, daß sich in dem Koffer Wertpapiere und Tafelsilber befinden – er erstarrt vor Schreck. Er nimmt sich vor, ihn wieder dorthin zurückzubringen, wo er ihn hergeholt hat. Die Zeitung schreibt, er werde noch festgehalten und solle von einem Jugendrichter verhört werden.
Ich frage mich, ob man deswegen ins Gefängnis kommen kann. Oder wenn sie ihn laufen lassen, was fängt er dann an? Es muß ekelhaft sein, wenn man sich ohne Familie oder Freunde durchschlagen muß.
Da kommt mir der Gedanke, daß ich ihm einen Brief schreiben könnte. Schließlich haben Kater und ich ihm in gewisser Hinsicht diese Suppe eingebrockt. Also schreibe ich mir den Namen des Richters heraus, vertiefe mich etwa eine halbe Stunde lang ins Telefonbuch und suche unter »New York, City of« nach einer Adresse. Ich bin nicht sicher, ob ich ihn mit Tom oder Mr. Ransom anreden soll. Schließlich schreibe ich:

Lieber Tom Ransom!

Ich bin der Junge, dem Sie im Keller von Nummer 46 begegnet sind, und ich möchte Ihnen nochmals danken, daß Sie jenen Verschlag geöffnet und meinen Kater befreit haben. Kater geht es prima. Es tut mir leid, daß Sie Scherereien mit der Polizei bekamen. Ich habe den Eindruck, daß Sie den Kram nur zurücktragen und alles in Ordnung bringen wollten. Mein Vater ist übrigens Rechtsanwalt, falls Sie einen brauchen sollten. Ich glaube, er ist nicht übel. Oder falls Sie mir sonst schreiben möchten, gebe ich Ihnen meine Adresse: 150 Ost, 22. Straße. Ich habe in der Zeitung gelesen, daß Ihre Familie nicht in New York lebt, und deshalb dachte ich, Sie würden vielleicht gern jemand schreiben.

Freundliche Grüße
Ihr Dave Mitchell

Da ich jetzt wieder ein freier Staatsbürger bin, grabe ich meinen schwarzen Pullover aus, blicke angewidert auf den kurzen Haarschnitt und gehe hinunter, um den Brief in den Kasten zu stecken.
Später lasse ich mich in der 21. Straße wieder auf ein Schlagballspiel ein. Kater kommt mit und thront hoch oben auf einem Pfosten, von wo aus er dem Spiel und den zahmen Hunden zusehen kann, die an ihren Leinen vorübergeführt werden. Der Verwalter von Nummer 46, diese Intelligenzbestie, steht neben dem Boteneingang und blickt mürrisch wie immer.
»Haben Sie wieder Einbrecher im Keller?« rufe ich ihm zu, während ich bei einem weiten Schlag um das Spielfeld herumjage.
Er starrt auf mich und meine kurzen Haare und kratzt sich seine eigene kahle Birne. »Woher kenne ich dich bloß?« fragt er argwöhnisch.
»Oh, mein Kater und ich kommen öfter hier vorbei.«

Kater und Coney

Nick und ich sind schon lange Freunde – eigentlich seit ich denken kann. Unsere Mütter holten uns immer abwechselnd vom Kindergarten ab. Nick wohnt um die Ecke in der 3. Avenue, direkt über dem Lebensmittelgeschäft seines alten Herrn. Wenn mich jemand fragen würde, warum wir Freunde sind, könnte ich das nicht so genau sagen. Wir sind eben viel zusammen.

Wir sind beide keine Sportkanonen, aber wir liefen oft miteinander Rollschuh, spielten Dame oder Schlagball und fuhren mit unseren Rädern auf Entdeckungsfahrten. Einmal, als wir etwa zehn Jahre alt waren, fuhren wir ganz hinüber zur 12. Avenue am Hudson-Fluß, wo die »Queen Mary« am Kai lag. Das war – soweit ich mich erinnern kann – das einzige Mal, wo meine Ma richtig wütend wurde. Sie sagte, Pa solle mir mein Fahrrad wegnehmen, was er dann auch tat, allerdings nur für etwa eine Woche. Nick und ich fahren immer noch viel mit dem Rad. Die übrige Zeit sitzen wir zu Hause und machen unsere Aufgaben, spielen Schach oder hören Platten.

Ein weiterer Grund für unsere Freundschaft ist dieser krabbelige kleine Bursche, der weiter unten an der Ecke wohnte, genau zwischen mir und Nick. Er lief uns ständig nach, weil er mit uns spielen wollte, und zum Schluß verdarb er natürlich regelmäßig das Spiel oder fiel hin und fing an zu schreien. Dann kam sein großer Bruder heraus – gewöhnlich brachte er noch einen weiteren großen Kerl mit –, und sie bildeten sich ein, sie müßten uns verprügeln, weil wir dem kleinen Jo weh getan hätten.

Schließlich kam es mir so vor, als sei Jo nur so etwas wie ein Wächter, und sobald ich oder Nick vor dem

Wohnblock auftauchten, kam einer der großen Kerle und jagte uns fort. Sie warfen zum Beispiel auch kleine Stöcke in unsere Radspeichen und taten dann, als sei es nur ein Scherz gewesen. Nick und ich schmiedeten allerlei Pläne, um ihnen ebenfalls eins auszuwischen, aber schließlich kamen wir meistens zu der Überzeugung, daß es einfacher war, einen großen Bogen um den Block zu machen, wenn wir einander besuchen wollten. Ich mache mir nichts aus Raufereien, und Nick auch nicht, vor allem nicht mit Kerlen, die stärker sind. In den Sommerferien auf dem Land schienen die Buben ständig miteinander zu ringen oder zu boxen, halb im Spaß, halb im Ernst. Wenn ich dort irgendeinem völlig unbekannten Burschen in meinem Alter begegnete, versuchte er fast immer, mich in eine Rauferei hineinzuziehen. Ich ließ mich nicht darauf ein. Vielleicht liegt es daran, daß ich Bürgersteige zu unbequem zum Raufen finde, aber wir prügeln uns einfach nicht so gern zum Spaß. Bei den wenigen Kämpfen, die ich mitgemacht habe, war ich wirklich voller Wut.

Als der Frühling kam, hatten Nick und ich keine Lust mehr, auf der Straße herumzulungern und nichts anderes zu tun, als Schlagball zu spielen und den Verwalter von Nummer 46 zu ärgern. Man konnte ihn so leicht in Rage bringen, daß es nicht einmal mehr Spaß machte. Kater hielt sich von jenem Keller fern, aber ich wollte ihn gern einmal in eine Umgebung bringen, wo er Eichhörnchen oder sonst etwas jagen konnte.

Eines Tages fuhren wir mit unseren Rädern zum Central Park hinauf. Ich steckte Kater in einen Weidenkorb, den ich auf meinem Gepäckträger festband. Er miaute so jämmerlich, daß die Leute auf der Straße mich anschauten und sich noch einmal umdrehten, wenn er wieder einen Ton von sich gab.

Schließlich erreichten wir den Central Park und hielten am sogenannten ›Hufeisen‹ an, einem Parkplatz in Hufeisenform. Ich öffnete den Korbdeckel einen Spalt, um nach Kater zu sehen: Er fauchte mich an – zum ersten Mal! Ich sah mich um und dachte: Klasse, wenn ich ihn hier laufen lasse, kann er überallhin, sogar in den Wald hinüber, und dann kriege ich ihn nie wieder. Es gab hier eine Unzahl von jungen Strolchen, und wenn ich mein Rad nur für eine Sekunde aus den Augen ließe, um Kater nachzustellen, würden sie es sofort schnappen. Ich ließ Kater also gar nicht erst heraus, sondern verschlang rasch meine Stulle, und dann fuhren wir heim. Nick war ziemlich sauer.

Dieser erste Samstag im Mai ist außergewöhnlich heiß, und ich habe eine Idee. Ich gehe zu Nick und sage: »Komm, wir packen Kater und ein paar Butterbrote in den Korb und sausen mit der U-Bahn nach Coney hinaus.«

Nick entgegnet: »Warum muß Kater mit? Er hat uns den letzten Ausflug schon verpatzt.«

»Ich möchte ihn gern ausführen, und dort ist es nicht wie im Central Park. Zu dieser Jahreszeit ist noch niemand auf Coney. Er kann am Strand herumtollen und Sandkrabben jagen.«

»Warum muß ich nur so einen Blödian zum Freund haben?« stöhnt Nick. »Na, ich werde meine Stulle jedenfalls in die Tasche stecken und in keinen alten Katzenkorb.«

»Wer schert sich darum, wo du dein krümeliges Brot hinsteckst?«

Also fahren wir. Viele Leute finden Coney Island vielleicht häßlich, mit all den baufälligen Buden und den schmutzigen Aushängeschildern. Aber wenn man ihnen den Rücken kehrt und auf den Ozean hinausblickt, dann ist es derselbe Ozean, der auch an einen verlassenen Strand spült. Ich schleudere meine Schuhe von mir und stehe mit den Füßen in dem eisigen Wasser, während die Sonne mir heiß auf die Brust brennt. Wie ich so zum Horizont hinausschaue, gegen den sich ein paar Schiffe abzeichnen, und über ihnen fliegen ein paar Möwen und Flugzeuge, denke ich: Das ist mein, alles mein. Ich könnte irgendwohin in die Welt hinausfahren, ich könnte. Vielleicht werde ich es einmal tun.

Nick spritzt mir Wasser in den Nacken. Er begreift das Unendliche nur im Matheheft. Ich lasse Kater aus dem Korb, streife mein nasses Hemd ab und renne am Wasser entlang hinter Nick her. Um Kater brauche ich mich nicht zu sorgen. Er saust mit, und jedesmal, wenn eine Welle seine Füße umspült, faucht er und ergreift mit hoch erhobenem Schwanz die Flucht. Dann wälzt er sich in dem heißen, trockenen Sand, steht auf und schüttelt sich. Außer uns sind nur noch wenige Menschen am Strand zu sehen. Ein großer Köter kommt, beschnüffelt Kater und erhält rechts und links der Nase einen tüchtigen Kratzer als Denkzettel. Er jault und läuft nach Hause. Kater entdeckt Sandkrabben, Nick und ich wälzen uns im Sand und ringen miteinander. Nach einer kleinen Weile bekommen wir Hunger, also gehen wir zu der Stelle zurück, wo wir den Korb deponiert haben. Kater läßt es sich gefallen, daß ich ihn trage.

Ganz in der Nähe unseres Korbes haben sich inzwischen drei Mädchen zu einem Picknick niedergelassen. Eine schreit der anderen zu: »Da, seht mal! Der Knabe war mit seiner Katze schwimmen!«

Kater springt herunter, kehrt ihnen den Rücken und kuschelt sich zu einem Nickerchen auf meinem Pull-

over zusammen. Ich drehe den Mädchen ebenfalls den Rücken zu und schaue auf den Ozean hinaus.
Es ist jedoch nicht mehr so, wie es vor einem Jahr noch gewesen wäre. Damals wären Nick und ich entweder an eine andere Stelle umgezogen, oder wir hätten Sand nach den Mädchen geworfen.
Wir sitzen einfach da und essen unsere Brote. Nick schielt reichlich oft zu ihnen hinüber und flüstert, wie alt ich sie wohl schätze. Ich kann das bei Mädchen nicht sagen. Manche in meiner Klasse sehen wie fünfundzwanzig aus, aber dann wieder sieht man auf der Straße junge Mütter mit Kinderwagen, die wie fünfzehn aussehen.
Eines der Mädchen fängt Nicks Blick auf und kichert. »Hallo, du, was guckst du denn?«
»Ich bin Vogelbeobachter«, sagt Nick. »Hast du hier schon Vögel gesehen?«
Die Mädchen rutschen zu uns herüber. Die eine, die zuerst den Mund aufgemacht hat, ist ein Rotschopf. Eine große Blonde mit auffallend kurzem Rock und einer Vogelnest-Frisur ist zweifellos die Anführerin. Vielleicht brachte sie Nick auf die Idee, Vögel zu beobachten. Die dritte macht einen ziemlich ruhigen Eindruck, und sie hat, glaube ich, braunes Haar.
»Wollt ihr Napfkuchen? Ihr könnt meinen haben. Ich mache zur Zeit eine Schlankheitskur«, sagt die Blonde.
»Danke, gern«, antwortet Nick. »Ich überlegte gerade, ob ich ein paar Colas holen solle.«
»Wozu verschwendest du deine Zeit mit Überlegungen? Das könnte deinem Kopf schaden«, zwitschert die Rothaarige.
Das dritte Mädchen beugt sich hinunter und streichelt Kater zwischen den Ohren. Sie fragt: »Wie heißt er?«
Ich erkläre ihr, warum Kater Kater heißt. Sie setzt sich

und kitzelt seine Nase mit einem Seegrashalm. Kater greift ein paarmal schläfrig danach, dann streckt er sich behaglich aus und läßt sich von ihr streicheln. Die anderen unterhalten sich inzwischen, und wir sagen einander unsere Namen, wo wir zur Schule gehen und all dieses Zeug.

Dann kommt Nick auf das Cola-Thema zurück. Ich bin nicht scharf darauf, allein mit den Mädchen hier sitzen zu bleiben, daher biete ich mich an, sie zu holen. Ich bitte Nick, auf Kater aufzupassen, aber das Mädchen, das ihn streichelt, sagt: »Keine Sorge, ich lasse ihn nicht weglaufen!«

Gut, daß sie da ist, denn als ich mit den Colas zurückkomme, für die mir übrigens niemand das ausgelegte Geld anbietet, sind Nick und die beiden anderen Mädchen ganz unten am Strand. Mary – so heißt sie – sagt: »Ich habe noch nie einen Kater am Strand gesehen, aber es scheint ihm zu gefallen. Wo hast du ihn her?«

»Er war heimatlos. Ich bekam ihn von einer alten Dame, die ganz närrisch auf Katzen ist. Komm mit, vielleicht bringen wir ihn dazu, für dich noch einmal die Wellen zu jagen. Er hat es vorhin schon gemacht.«

Wir laufen am Wasser entlang, als die anderen zurückkommen. Die große Blonde spritzt mich mit dem Fuß an und kreischt: »Fang mich!«

Also jage ich los, und als ich sie gerade einholen will, hält sie so plötzlich an, daß ich mit ihr zusammenstoße und wir beide hinfallen. Das schien sie nur beabsichtigt zu haben, aber ich wette, die anderen schauen uns zu, und ich komme mir albern vor. Ich drehe mich um, stehe auf und gehe zu Kater zurück.

Während wir Cola trinken, sagt die Blonde zu der Rothaarigen, daß sie ins Kino gehen wollen.

»Was gibt es?« fragt Nick.

»In der Nähe läuft ein Sinatra-Film«, erzählt ihm die Blonde, und er macht ein interessiertes Gesicht.
»Ich kann nicht«, sage ich. »Ich habe Kater dabei, und außerdem ist es zu spät. Meine Mutter würde denken, ich sei in den U-Bahn-Schacht gefallen.«
»Ich habe dir gleich gesagt, du solltest diesen lästigen Kater zu Hause lassen«, schimpft Nick.
»Steck ihn in den Korb und rufe deine Mutter an«, schlägt die Rothaarige vor. »Sage ihr, deine Uhr sei stehengeblieben.« Sie kommt herüber und läßt Sand meinen Rücken hinunterrieseln. »Komm doch, es wird lustig. Wir brauchen nicht in der Kinderabteilung zu sitzen, wir sehen alle wie sechzehn aus.«
»Nein, ich kann nicht.« Ich stehe auf und schüttle den Sand heraus.
Nick macht ein wütendes Gesicht, aber er will nicht allein zurückbleiben. Er sagt zu der Blonden: »Gib mir deine Telefonnummer, dann machen wir es ein andermal, wenn dieser Dummkopf seinen Kater nicht dabei hat.«
Sie schreibt ihm ihre Nummer auf, und die Rothaarige schmollt, weil ich sie nicht nach ihrer frage. Die Mädchen brechen auf, und Mary tätschelt Kater zum Abschied. Sie winkt mir zu und sagt: »Bring ihn nur wieder mit, er ist nett.«
Wir steigen in die U-Bahn, und Kater miaut gekränkt, weil man ihn in den Korb gesperrt hat. Nick gibt dem Korb mit den Zehenspitzen einen Schubs.
»Halt den Mund, du Quälgeist!« schimpft er.

Rauferei

Ich bekomme tatsächlich eine nette Antwort von Tom Ransom. Sie lautet: Danke für Deinen Brief. Das Jugendamt hat mir im CVJM-Heim in der 23. Straße ein Zimmer besorgt. Vielleicht komme ich mal rüber und sage guten Tag. Im Sommer werden sie mir auch einen Job verschaffen, ich brauche also keinen Rechtsanwalt. Trotzdem vielen Dank. Ein Miau für Kater. Viele Grüße, Tom.

Ich gehe zu Nick hinüber und zeige ihm den Brief. Ich hatte ihm erzählt, daß Tom Kater aus dem Keller geholt hatte und verhaftet worden war, aber Nick schien die Geschichte nie so recht zu glauben.

Als er nun den Brief sieht, muß er doch zugeben, daß Kater und ich wirklich etwas erlebt haben. Schließlich bekommt nicht jeder Briefe von Burschen, die verhaftet worden sind.

Eine Angewohnheit von Nick wurmt mich immer ein wenig. Er muß alle Pläne aushecken. Alles, was ich getan habe und von dem er nichts wußte, das setzt er herab. Außerdem muß ich immer zu ihm nach Hause gehen. Er kommt nie zu mir, höchstens vielleicht jedes Schaltjahr einmal, wenn ich eine neue Schallplatte habe; ich nehme meine Platten nämlich nicht mit zu ihm, weil sein Plattenspieler krächzt und er nie einen neuen Saphir kauft.

Nicht, daß es mir bei ihm nicht gefiele. Seine Ma ist sogar ganz nett, und, Junge, kann die kochen! An einem hundsgewöhnlichen Samstag macht sie zum Mittagessen Pizza oder prima Spaghetti, und nach der Schule setzt sie einem selbstgemachte Kekse und Nußkuchen vor. Sie redet eine Menge und gestikuliert und schreit uns an, aber es ist alles gut gemeint; wir necken

sie dann nur und lassen uns in unserer jeweiligen Beschäftigung nicht stören.
Sie ist das genaue Gegenteil von meiner Ma. Bei uns erledigt Pa das Anschreien, und abgesehen von dem einen Krach wegen des Radausflugs in die 12. Avenue macht Ma mir eigentlich keine Vorschriften. Sie ist still, oft fühlt sie sich auch nicht wohl, und vielleicht denke ich daher mehr als die meisten anderen Jungen, daß ich ihr von selbst alles recht machen sollte.
Meine Ma ist auch immer zu Hause und immer bereit zuzuhören, wenn mich etwas bedrückt, zum Beispiel wenn ich vom Lehrer zu Unrecht getadelt wurde. Von manchen Jungen weiß ich, daß sie zuerst überall herumtelefonieren müssen, um ihre Mutter zu finden, und dann schimpft sie noch, weil sie gestört wurde.
Ma kocht gern, und an Feiertagen fabriziert sie immer ein Festessen, aber sie steht nicht ununterbrochen am Herd wie Nicks Mutter. Vielleicht kommt Nick deshalb nicht gern zu uns, weil es bei uns nicht ständig etwas Gutes zum Knabbern gibt. Aber ich glaube nicht, daß es daran liegt; er spielt einfach gern den Boß.

Ein paar Wochen nach unserem Ausflug nach Coney kommt er eines Nachmittags tatsächlich mit zu mir. Wir besorgen uns vorher im Laden seines Vaters ein paar Colas und Birnen.
Kater sitzt auf unserer Veranda. Als er uns sieht, springt er herunter, streicht an meinen Beinen entlang und läuft vor uns die Treppe hinauf.
»Siehst du? Er weiß, daß es nach Schulschluß was zu essen gibt. Darum komme ich so gern nach Hause«, sage ich zu Nick.
Wir begrüßen Ma, und ich hole das Katzenfutter, während Nick seine Cola öffnet. »Erinnerst du dich

noch an die Mädchen, die wir auf Coney Island kennenlernten?«

»Hm.«

»Na, ich ließ mir doch von der Blonden die Telefonnummer geben, und als ich am Sonntag herumlungerte und nichts zu tun hatte, rief ich sie an.«

»Was? Wozu?«

»Bist du blöd? Zum Tratschen natürlich. Sie quasselte also eine Zeitlang tüchtig drauflos, und schließlich fragte ich sie, ob sie nicht am nächsten Samstag herüberkommen wollte; wir könnten ins Kino gehen oder sonst was machen.«

»Hm.« Ich bin mit meiner Birne beschäftigt, es ist eine sehr saftige.

»Ist das alles, was dir dazu einfällt? Also, sie sagte, sie würde vielleicht kommen, wenn sie auch ihre Freundin noch dazu überreden könnte. Sie will nicht allein kommen, ihre Mutter würde ihr das auch nicht erlauben.«

»Welche?«

»Welche was?«

»Welche Freundin?«

»Ach so. Du weißt doch, die andere, mit der wir am Strand Unsinn machten, die Rothaarige. Ich sagte also, daß ich versuchen würde, dich zum Mitkommen zu überreden. Ich versprach ihr, sie wieder anzurufen.«

»Hm. Ich weiß nicht.«

»Was soll das heißen, du weißt nicht?«

»Woher soll ich wissen, ob dieses Mädchen mir gefällt? Ich habe ja kaum mit ihr geredet. Überhaupt hört es sich wie ein Rendezvous an. Ich mag kein Rendezvous. Wenn sie zufällig gerade vorbeikommen, habe ich nichts dagegen.«

»Soll ich ihnen also sagen, sie können am Samstag kommen?«

»Hem.«
»Schön, daß du ein neues Wort gelernt hast.«
»Muß ich dem Mädchen die Kinokarte bezahlen?«
»Geizkragen. Wenn du nur herumstehst und ›hm‹ sagst, kauft sie sich vielleicht selbst eine. O. K.?«
»O. K. Aber das alles ist deine Idee, und wenn etwas daran faul ist, bist du schuld.«
»Junge, was für eine Begeisterung! Komm, wir legen eine Platte auf und machen Mathe.«
Nick ist besser in Mathematik als ich, also stimme ich zu.
Am Samstagmorgen um zehn Uhr kreuzt Nick in einem weißen Hemd und mit fein säuberlich gestriegeltem Haar bei mir auf. Pa pfeift durch die Zähne. »Am Samstag, Donnerwetter! Hast du ein Rendezvous?«
»Jawohl!« sagt Nick. Er wirft einen verächtlichen Blick auf mein Sporthemd. Ich ziehe noch einen Pullover darüber und fahre mit dem Kamm durch meine Haare, aber um nichts in der Welt werde ich mich wie zu einem Staatsempfang herausputzen.
»Wir gehen ins Akademie-Kino«, sage ich zu Hause.
»Was wird gegeben?« fragt Pa.
»Ein neuer Gruselfilm«, antwortet Nick. »Und ein alter Disney.«
»Ist es wirklich ein neuer Gruselfilm?« frage ich Nick. Ich bilde mir nämlich ein, alle bereits gesehen zu haben, die in der Stadt laufen.
»Jawohl. Eben erst angelaufen: ›Der Goldkäfer.‹ Irgendein Knabe hat es geschrieben – ich meine, in einem Buch –, aber es soll ganz große Klasse sein. Die Mädchen werden jedenfalls quieken – das ist das Schönste daran.«
»Hm, ich bin immer für Gruselfilme zu haben, ob Mädchen nun quieken oder nicht.«

»Du wirst mit deinem ›Hm‹ die ganze Gesellschaft unterhalten.«

»Es ist ja deine Gesellschaft.« Ich zucke mit den Schultern.

»Du könntest dir wenigstens etwas Mühe geben.«

Wir lungern um den U-Bahn-Kiosk an der 14. Straße herum, den Nick als Treffpunkt mit den Mädchen vereinbart hat. Nach einer halben Stunde kreuzen sie endlich auf.

Es ist ein schöner, sonniger Tag. Am Union Square hat sich eine Menschenmenge angesammelt, also schlendern wir auch hinüber. Ein zerzaustes, bärtiges Individuum hält eine Rede über »sie«, die schlimmen Jungs. Um ihn herum sitzen schläfrige Tagediebe und lassen die Rede an sich herunterrieseln.

»Was ist das für ein Kerl? Ein Verrückter?« fragt die Blonde.

»Ein Kommunist vielleicht«, antworte ich. »Die halten hier immer Reden. Willie Sutton, der Bankräuber, pflegte auch hier zu sitzen und zuzuhören. Dabei hat ihn dann jemand erwischt.«

Die Mädchen sehen sich an und brechen in ein wildes Gelächter aus, als ob ich etwas furchtbar Ulkiges gesagt hätte. Ich werfe Nick einen durchdringenden Blick zu. Gut, ich habe mir Mühe gegeben. Von nun an werde ich mich auf ›hm‹ beschränken.

Ein Bärtiger, der der Rede eifrig zuhört, dreht sich um, stiert uns an und macht »Schsch!«

»Rasier dich erst mal!« sagt Nick, und die Mädchen bekommen einen weiteren Lachanfall. Nick lotst sie nun zur 14. Straße hinüber, und ich gehe hinterher.

Im Akademie-Kino geht Nick zur Kasse hinauf; die Mädchen verdrücken sich augenblicklich nach draußen, lesen die Plakate und kichern miteinander. Ich merke, daß sie nicht die Absicht haben, sich ihre Kinokarten selbst zu kaufen, also gebe ich meinem Herzen einen Stoß und bleche für zwei.

Nick und ich versuchen, unauffällig zum Balkon des Kinos hinaufzuschlendern, wie wir das immer tun, aber die Mädchen kichern laut und lassen ihr Popcorn fallen; schließlich kommt die Platzanweiserin und fordert uns auf, sofort herunterzukommen. Sie läßt die Taschenlampe in unsere Gesichter blitzen, und ich komme mir vor wie ein Sträfling, als sie uns zu den vielen Kindern in die Jugendabteilung steckt. Nick geht zuerst hinein, nach ihm die Blonde, dann die Rothaarige und ich. Sobald es anfängt, ein wenig gruselig zu werden, versucht sie, mich am Arm zu packen, aber ich stecke die Hände in die Taschen und sage: »Ach was, es ist doch nur ein Film!«

Die Rothaarige stößt einen lauten Seufzer aus, und ich wünsche, ich hätte mich nicht auf diesen Handel eingelassen. Ich kann nicht einmal den Film genießen.

Wir lassen die beiden Filme über uns ergehen. Das kleine Volk macht einen Heidenlärm, so daß man kaum etwas versteht, und die Platzanweiserin leuchtet einem ständig in die Augen, so daß man auch nichts sieht. Ich habe keine Lust, so etwas jemals wieder zu machen.

Wir gehen hinaus, und Nick sagt: »Kommt, wir trinken noch ein Cola.« Er marschiert mit der Blonden los, und anstatt neben mir herzugehen, versucht die Rothaarige, sich an seinen anderen Arm zu hängen. Das macht mich fuchsteufelswild. Nicht, daß ich sie besonders gut leiden könnte, aber ich habe ja schließlich für sie bezahlt. Nick schüttelt sie ab und ruft mir über die Schulter zu: »Los, Kleiner, leg dich mal selber ins Zeug!«

Die Mädchen lachen wie immer aus einem Mund, und ich werde langsam wirklich sauer. Nick hat mir diese Suppe eingebrockt. Er könnte nun mindestens den Mund halten.
Wir gehen in eine Milchbar; ich knalle dreißig Cent hin und sage: »Zwei Colas, bitte!«
»Oho, da ist aber einer spendabel!« sagt Nick. Noch mehr Gelächter. Am liebsten würde ich ihn sofort vermöbeln, aber ich stecke nur mein Geld wieder ein und sage: »Na schön, kluger Junge, dann geht es eben auf deine Rechnung!« Nick zuckt mit den Achseln und knallt einen Dollar auf den Tisch, als hätte er Hunderte davon.
Die beiden Mädchen trinken ihre Colas und unterhalten sich über Nick hinweg. Ich leere meine Flasche in zwei oder drei Zügen, dann können wir die Gören endlich zur U-Bahn-Station bringen. Nick schwatzt davon, daß er mal am Wochenende nach Coney hinausfahren will. Ich stehe nur mit den Händen in den Hosentaschen daneben.
»Tschüs, schüchterner Knabe!« girrt die Rothaarige, dann verschwinden die beiden schnatternd die Treppe hinunter. Sobald die Ampel grün wird, überquere ich die 14. Straße und kümmere mich nicht darum, ob Nick nachkommt. Von mir aus kann er bleiben, wo der Pfeffer wächst.
Am Union Square ist er plötzlich neben mir und tut, als sei alles in Butter. »Das war eine tolle Schau. Ganz schön lustig, was?«
Ich gehe einfach weiter.
»Bist du vielleicht eingeschnappt?« fragt er, als käme ihm das völlig überraschend.
Ich gehe weiter.
»Na schön, dann sei eben eingeschnappt!« schnauzt er.

Dann flötet er mit einer Fistelstimme: »Tschüs, schüchterner Knabe!«
Ich schlage zu, noch ehe er seinen Mund wieder zuklappen kann. Er boxt mich in den Magen und hakt einen Fuß um meinen Knöchel, so daß wir beide hinfallen. Es wird immer schlimmer. Er bekommt meine Haare zu fassen und knallt meinen Kopf auf den Bürgersteig, und ich drehe ihm die Hand um und beiße hinein. Wir quetschen und kratzen und beißen und treten, weil wir beide so wütend sind, daß wir kaum noch wissen, was wir tun, und außerdem hat uns nie jemand die Queensberry-Regeln beigebracht. Es hat keinen Sinn, daß ich die blutigen Einzelheiten näher beschreibe. Endlich werden wir von zwei Burschen getrennt. Ich halte Nicks Hemd in der Hand, und es platzt auf. Gut. Er heult beinahe, reißt sich von dem Kerl, der ihn festhält, los und schreit mir noch einige Schimpfworte zu, bevor er über die Straße hinweg davonrennt.
Ich stehe keuchend und schluchzend da, und der Bursche, der mich hält, sagt: »Du solltest dich schämen! Gehe jetzt nach Hause.«
»Halt deine Klappe!« sage ich, immer noch zu wütend, um höflich zu sein. Er holt zum Schlag aus, meint es aber nicht ernst. Er geht seiner Wege, und ich auch.
Ich muß ziemlich übel aussehen, denn viele Leute auf der Straße sehen mich kopfschüttelnd an. Ich gehe ins Haus und mache mich auf das Schlimmste gefaßt, aber zum Glück ist Ma nicht zu Hause. Pa pfeift nur durch die Zähne.
»Das muß ja ein schrecklicher Gruselfilm gewesen sein«, sagt er.

Manhattan

Am darauffolgenden Wochenende sehe ich nicht mehr aus wie einer, der gerade eine Massenschlägerei überlebt hat. In der Schule wurden Nick und ich die ganze Woche über gefragt, ob wir von einer Schwingtür getroffen worden seien; dann merkten die Burschen, daß wir beide nicht miteinander reden, und mieden das Thema von nun an.

Am Samstag sitze ich auf der Veranda und überlege, was nun werden soll. In der Schule gibt es zwar noch genug andere Jungen, mit denen ich mich gut verstehe, aber die meisten von ihnen wohnen drüben im neuangelegten Stadtteil, der Stuyvesant Town. Ich habe mir nie die Mühe gemacht, sie an Wochenenden dort aufzuspüren, weil Nick sehr viel näher wohnt.

Jetzt kommt jedoch der Sommer, und ich brauche jemand, mit dem ich mich herumtreiben kann. Heute ist der letzte Samstag vor dem 30. Mai, dem Gedenktag für die Gefallenen. Allmählich wird es Zeit, baden zu gehen am Strand. Ich denke, Nick und ich könnten uns schon wieder vertragen.

Ein Junge bleibt vor der Veranda stehen; Kater macht die Augen halb auf und schielt ihn an. Der Junge sagt: »Bist du Dave Mitchell?«

»Was? Ja.« Überrascht schaue ich auf. Ich kenne den Jungen nicht, weil ich ihn ja noch nie bei Tageslicht gesehen habe. Aber der Stimme nach kann es nur Tom sein.

»Oh, guten Tag!« sage ich. »Hier ist Kater. Er ist bei Tageslicht recht hübsch.«

»Ja, er sieht gut aus, aber was ist mit dir passiert?«

»Ich geriet mit einem Freund in eine Rauferei.«

»Mit anderen Jungen?«

»Nö. Wir beide kriegten uns in die Haare.«
»Hm. Das ist schlimm.« Tom setzt sich, und zum Glück begreift er gleich, daß es zu diesem Thema nichts mehr zu sagen gibt. »Ich fange am 30. mit der Arbeit an, wenn die Strandbäder aufmachen. Ich arbeite an einer Tankstelle auf der Belt-Stadtautobahn in Brooklyn.«
»Junge, das ist aber weit weg! Wohnst du dann auch dort?«
»Ja, sie wollen mir im CVJM-Heim in Brooklyn ein Zimmer besorgen.«
Tom reckt sich und tritt unruhig von einem Fuß auf den anderen. Dann fährt er fort: »Du hast wahrscheinlich die Schule und das ganze Zeug satt, aber es ist ekelhaft, wenn man gar nichts zu tun hat. Ich würde bestimmt überschnappen, wenn ich keinen Job bekommen könnte. Ich kann es kaum erwarten, bis ich anfangen darf.«
Ich überlege, daß ich ihn fragen könnte, ob er denn nicht so etwas wie ein Zuhause hat, aber irgendwie mag ich das nicht.
»Auch heute möchte ich gern irgendwohin, irgend etwas tun«, sagt Tom. »Hast du vielleicht eine Idee?«
»Hm. Ich habe selbst schon versucht, mir was einfallen zu lassen. Kino?«
Tom schüttelt sich. »Nein. Ich möchte wandern oder rennen oder mich sonst irgendwie bewegen.«
»Beim Bronx-Zoo ist ein großer Waldpark. Ein Junge hat mir einmal davon erzählt, und er sagte, er habe dort eine Indianer-Pfeilspitze gefunden; aber ich wette, das ist erfunden. Inwood-Park heißt er.«
»Wie kommt man dorthin?«
»Wahrscheinlich mit der U-Bahn.«
»Dann los!« Tom steht auf und macht mit seinen

Schultern Schlangenbewegungen wie Tarzan, der sich gleich von Ast zu Ast schwingen will.
»O. K. Warte einen Augenblick, ich werde Ma Bescheid sagen. Soll ich ein paar Brote mitbringen?«
Tom macht ein überraschtes Gesicht. »Klar, prima, wenn es ihr nichts ausmacht.«
Ma zum Broteschmieren zu bringen, würde nicht schwierig sein, denn sie macht mir immer gern eine Kleinigkeit zu essen zurecht. Der Haken ist nur der, daß sie mich seit meiner Rauferei mit Nick wie eine Glucke umhegt. Vielleicht meint sie, ich sei in eine Schlägerei mit Halbstarkenbanden geraten und fragt mich deshalb ständig, wohin ich gehe und mit wem. Wahrscheinlich hat sie auch gemerkt, daß ich nach der Schule nie mehr zu Nick gehe; ich komme immer sofort nach Hause. Dann fragt sie mich, ob ich mich auch wohl fühle. Wie man es macht, ist es halt verkehrt! Ich weiß genau, daß sie mich jetzt fragen wird, wer Tom ist und wo ich ihn kennengelernt habe. Da fällt mir ein, daß es einen einfachen Ausweg aus diesem Dilemma gibt.
Ich wende mich wieder an Tom: »Sag mal, wie wäre es, wenn du mit mir nach oben kämest und ich dich mit Ma bekanntmachen würde? Dann belästigt sie mich nicht mit einer Unzahl von Fragen!«
»Meinst du, daß ich wenigstens anständig aussehe?«
»Klar!«
Wir gehen in die Wohnung hinauf, und Ma fragt, ob wir etwas Kaltes trinken möchten. Ich erzähle ihr, ich hätte Tom in Gramercy Park kennengelernt, als er mir half, nach Kater zu suchen, was beinahe stimmt, und daß er manchmal Schlagball mit uns spielt, was nicht so ganz stimmt, aber durchaus möglich wäre. Ma holt uns Limonade. Sie hat im Sommer meistens so etwas im

Kühlschrank, denn sie ist der Ansicht, Cola sei ungesund.
»Wohnen Sie hier in der Nähe?« fragt sie Tom.
»Nein«, antwortet Tom bestimmt. »Ich wohne im CVJM-Heim. Für den Sommer habe ich an einer Tankstelle drüben in Brooklyn einen Job bekommen, und gleich nach dem 30. fange ich an.«
»Das ist schön«, sagt Ma. »Ich wünschte, Dave könnte auch eine Ferienarbeit bekommen. Er bringt ziemlich viel Unruhe ins Haus, wenn er im Sommer gar nichts zu tun hat.«
»Ach, lieber nicht, Ma! Man muß an die sechshundert Formulare ausfüllen, wenn man noch nicht sechzehn ist. Übrigens, Ma, was ich sagen wollte – wir dachten, wir könnten uns ein paar Brote holen und dann zum Inwood-Park hinausfahren.«
»Inwood? Wo ist denn das?« Ich erzähle ihr also von den Indianer-Pfeilspitzen, wir suchen das nach Sachgruppen geordnete Telefonbuch hervor und sehen uns die U-Bahn-Karte an. Wir stellen fest, daß ein IND-Zug direkt dorthin fährt.
»Ich werde auch ziemlich unruhig, wenn ich nichts zu tun habe«, sagt Tom. »Wir dachten, wir könnten einfach ein wenig im Wald herumstrolchen.«
»O ja, das ist bestimmt eine gute Idee.« Ma sieht ihn an und nickt zustimmend. Sie scheint entschieden zu haben, daß er einen verläßlichen und anständigen Eindruck macht.
Ich entdecke einen Rest Spaghetti im Kühlschrank und bitte Ma, ihn auf die Brote zu legen. Sie denkt, ich habe nicht alle Tassen im Schrank, aber ich habe das schon einmal gemacht, und es schmeckte prima. Natürlich muß möglichst viel Fleisch und Soße auf den Spaghetti sein. Wir nehmen auch noch eine Tüte Kirschen mit.

»Danke, Ma. Tschüs. Ich werde vor dem Abendessen noch zurück sein.«
»Sieh dich vor«, sagt sie, »keine Schlägereien.«
»Machen Sie sich keine Sorgen, wir werden uns aus Schlägereien heraushalten«, sagt Tom ganz ernsthaft.
Als wir die Treppen hinuntergehen, meint Tom: »Deine Mutter ist wirklich nett.«
Ich bin etwas überrascht – Jungen sprechen im allgemeinen wenig über die Eltern eines andern. »Ja, Ma ist in Ordnung. Ich glaube, sie hat mit mir und Pa viel Kummer.«
»Es muß schön sein, wenn man seine Mutter zu Hause hat«, sagt er.
Das trifft mich wieder irgendwie. Ich überlege, wo seine Eltern wohl sein mögen, ob sie vielleicht tot sind oder so; aber auch jetzt möchte ich ihn nicht danach fragen. Es ist nicht leicht, Tom Fragen zu stellen. Er gleicht einer einsamen Insel mitten im Ozean.
Wir gehen zur 14. Straße hinunter und dann hinüber zur 8. Avenue, an etwa zwölf Häuserblocks entlang; schließlich wollen wir uns ja Bewegung verschaffen. Die IND-Züge sind schnell, und es dauert bis zur 206. Straße, wo der Inwood-Park liegt, nur eine halbe Stunde. Der Park ist gleich daneben, es ist ein richtiger Wald, wenn auch gepflasterte Wege hindurchführen. Zuerst geht es bergauf, und dann erreichen wir ein Rasenstück, von dem aus man jenseits des Hudson-Flusses den Palisadenpark in New Jersey mit den Achterbahnen und dem Riesenrad sehen kann. Es ist einfach herrlich, aber heiß, und wir legen uns in die Sonne. Man sieht kaum Leute, was einem in New York selten genug passiert.
»Komm, wir essen gleich«, sagt Tom. »Dann können wir auf Pfeilspitzen-Jagd gehen und brauchen die Bro-

te nicht zu tragen.« Er findet auch, daß das Spaghetti-Brot eine geniale Erfindung war.
Ich wünschte, das Wetter wäre öfter im Jahr so wie heute – tagsüber schön und mächtig heiß, daß man zum Baden gehen möchte, aber nachts kühl genug zum Schlafen. Nach dem Essen liegen wir eine Weile in der Sonne und sind uns darüber einig, daß es jammerschade ist, daß es keinen Ozean in Sprungweite gibt. Statt dessen stechen uns Mücken. Also stehen wir auf und gehen auf Entdeckungsreise.
Wir finden ein paar Stellen, die man unter Umständen als Höhlen bezeichnen könnte, aber wenn es hier je Pfeilspitzen gegeben hat, dann wurden sie schon längst fein säuberlich aufgelesen. Das ist das Dumme in der Großstadt: Hat man einmal eine Idee, so stellt man fest, daß eine Million anderer Leute auf die gleiche Idee schon früher gekommen sind. Am Spätnachmittag schlendern wir wieder in Richtung U-Bahn und kaufen uns Cola und Eis, bevor wir die Rückfahrt antreten.
Ich habe noch keine rechte Lust, schon nach Hause zu gehen, also überlege ich einen Augenblick und studiere während der Fahrt die U-Bahn-Karte. »Wenn wir sowieso schon in der U-Bahn sitzen, könnten wir auch bis zur Cortlandt-Straße weiterfahren und in das Armeekaufhaus schauen. Ich brauche für den Sommer noch einen Rucksack.«
»O. K.«, Tom zuckt mit den Achseln. Er starrt aus dem Fenster, und es scheint ihm ziemlich gleichgültig zu sein, wo er hinfährt.
»Ich habe mir dort eine erstklassige Erste-Hilfe-Ausrüstung erstanden: Desinfektionsmittel, Brandsalbe, Insektenpulver und Verbandszeug, alles in einer wasserdichten, khakifarbenen Metallbüchse für insgesamt nur 65 Cent.«

»Hm. Genau, was ich brauche, um auf den Bürgersteigen von New York zu überleben«, sagt Tom. Das ist wohl sein Humor, wenn auch ein etwas bitterer. Wenn man allerdings keine Familie in der Nähe hat, braucht man zum Überleben wohl mehr.

Das Kaufhaus ist ein ganzes Stück von der nächsten U-Bahn-Haltestelle entfernt, und wir gehen ziemlich wortlos nebeneinander her. Tom taut auf, als wir das Kaufhaus betreten, denn es ist wirklich großartig. Sie haben dort Polarforscher-Anzüge und alte Handgranaten und Patronen und alle möglichen Gewehre, außerdem einige billige und nützliche Kleidungsstücke. Es macht ihnen nichts aus, wenn man stundenlang darin herumstöbert. Schließlich kaufe ich einen Brotbeutel und eine Feldflasche, die man beide am Gürtel befestigen kann, und Tom sucht sich ein paar Unterhemden und Socken aus für nur zehn Cent pro Stück. Sie sind gebraucht, aber sie sehen noch ganz ordentlich aus.

Wir marschieren zur U-Bahn auf der Ostseite von Manhattan hinüber, die von hier aus nur wenige Häuserblocks entfernt ist, weil die Insel sich so verengt. Tom sagt, er sei noch nie in der Wall Street gewesen, wo all die Industriekapitäne ihr Geld arbeiten lassen. Heute, am Samstagnachmittag, ist die Straße wie ausgestorben, und man kommt sich vor, als schreite man durch eine leere Kathedrale.

Wir fahren mit der U-Bahn, dann begleitet mich Tom noch nach Hause. Schade, daß der Tag vorüber ist. Es waren doch noch recht schöne Stunden!

»Also Wiedersehen«, sagt Tom. »Ich schicke dir eine Ansichtskarte vom schönen Brooklyn!«

»Wiedersehn!« Ich winke, und er macht sich auf den Heimweg. Ich wünschte, er müßte nicht nach Brooklyn ziehen.

Brooklyn

Man kann nicht gut lange mit einem Jungen Krach haben, den man von Kind auf kennt, besonders wenn er gleich um die Ecke wohnt und dieselbe Schule besucht. Jedenfalls kreuzt Nick an einem heißen Samstagvormittag bei mir auf, als sei nichts geschehen, und fragt mich, ob ich wohl mit ihm baden gehen wolle.

Seitdem spielen wir wieder abends auf der Straße miteinander Ball und gehen manchmal am Wochenende schwimmen.

Bald beginnen die Ferien. Nick nimmt an einem Jugendlager seiner Kirche teil. Pa fragt mich, ob ich nicht auch für ein paar Wochen in ein Ferienlager gehen möchte, aber ich habe keine Lust. Zu Hause ist es zwar ziemlich langweilig, aber mir ist erst recht nicht nach allzuviel Organisation zumute.

Ich glaubte schon, Tom habe mich vergessen und Anschluß an eine Bande Gleichaltriger gefunden, als ich eine Postkarte von ihm bekomme: Lieber Dave! Der Kerl, für den ich arbeite, ist ein Schuft, und alle Kerle, die bei ihm tanken, sind ebenfalls Schufte. Bin daher froh, daß ich im herrlichen Brooklyn noch am Leben bin! Ich wünschte, Du wärest hier, aber Du kannst froh sein, daß Du es nicht bist. Gruß Tom.

Es ist immer schwierig, den richtigen Sinn seiner Worte zu erfassen. Da ich jedoch absolut nichts zu tun habe, könnte ich auch ruhig hinfahren und der Sache auf den Grund gehen. Er sagte, er würde an einer Tankstelle auf der Belt-Stadtautobahn arbeiten, und schließlich kann es davon keine Million geben.

Ich drücke mich Ma gegenüber nicht allzu deutlich aus, als ich ihr sage, wohin ich gehe; sie macht sich bloß unnötige Sorgen, wenn ich mich zu weit entferne, und

außerdem weiß ich selbst noch nicht so genau, wohin ich gehe.
Brooklyn ist seltsam angelegt. Es verläuft nicht wie Manhattan in gleichförmigen rechteckigen Blocks regelmäßig von Norden nach Süden. In Brooklyn könnte man eine Million Freunde verlieren, denn die Straßen sind durchweg kreisförmig und schiefwinklig angelegt, und die Leute geben einem stets die blödesten Auskünfte, wenn man sich durchfragen will.
Weil Autobahnen für Fahrräder gesperrt sind und ich dauernd um ein paar erbärmliche Wohnviertel herumradeln muß, vergeht mindestens eine Woche mit Erkundungsfahrten, bis ich endlich auf den richtigen Teil der Belt-Stadtautobahn stoße und darangehen kann, die Tankstellen unter die Lupe zu nehmen.
Ich schiebe mein Fahrrad über die Autobahn, aber trotzdem schnauzt mich ein Schutzmann an. Man sollte doch meinen, es gäbe genug Verbrechen, mit denen sich ein Polyp beschäftigen könnte.
An einem drückend heißen Tag im Juli schiebe ich mein Rad zu einer Tankstelle an der 34. Straße hinüber, und niemand brüllt mich an; ich gehe zur Luftpumpe und fingere an meinen Ventilen. Ein Auto, das getankt hat, fährt heraus, und da steht Tom.
»Hallo!« rufe ich.
Tom runzelt ein wenig die Stirn und blickt über die Schulter, wohl um zu sehen, ob sein Boß in der Nähe ist; dann kommt er zur Luftpumpe herüber.
»Wie kommst du denn hierher?« fragt er.
»Mit dem Rad. Ich bekam deine Karte, und da dachte ich mir, ich könnte mal nach der Tankstelle suchen.«
Sein Gesicht hellt sich auf, und er grinst. Mir wird wohler. Er sagt: »Du bist ein verrückter Bursche. Wie geht es Kater?«

Gerade in diesem Augenblick muß der Boß auftauchen; er geht auch gleich hoch: »Was willst denn du hier? Die Autobahn ist für Fahrräder gesperrt.«
Ich will gerade sagen, daß ich nur Luft haben will, aber Tom fährt dazwischen: »Es ist schon in Ordnung, ich kenne ihn.«
»Was? Ich habe dir gesagt, du sollst Kinder hier wegjagen!« Der Kerl läßt durchblicken, daß Kinder, die Tom kennt, seiner Ansicht nach schlimmer sind als alle anderen. Er verjagt mich wie einen streunenden Köter. Ich will Tom nicht in Schwierigkeiten bringen, also sehe ich zu, daß ich fortkomme. An der Ecke winke ich ihm noch einmal zu und rufe: »Wiedersehn! Schreib mir wieder mal eine Postkarte!«
Tom hebt kurz die Hand, aber sein Gesicht ist versteinert, so als ob ihn das alles kalt ließe.
Ich radle langsam und schwitzend durch das Straßengewirr von Brooklyn zurück und erkenne, daß meine tagelangen Nachforschungen rein umsonst gewesen waren. Ich weiß immer noch nicht, wo Tom wohnt, und deshalb weiß ich auch nicht, wie ich wieder an ihn herankommen soll. Und vielleicht hält er mich sogar für lästig. Besonders erbaut schien er jedenfalls nicht über meinen Besuch zu sein.
In der nächsten Woche werde ich meine Zeit – falls mir nichts Besseres mehr einfällt – wahrscheinlich dem Wohle meiner Familie opfern. Ich streiche Ma die Küche neu, was eigentlich gar keine üble Beschäftigung wäre, aber das viele blöde Geschirr und die Töpfe und die unzähligen Gewürzdöschen, die man aus dem Wege räumen muß, all das kann einen rasend machen. Ich zerschlage nur eine kostbare Vase und eine Flasche Salatöl. Salatöl und Glasscherben sind etwas Herrliches! An den Nachmittagen gehe ich ins Freibad und

übe den Hechtsprung und den Rückwärtssalto; dann wird Pa denken, ich wachse zu einem echten amerikanischen Jungen heran. Außerdem muß man aus praktischen Gründen springen lernen, damit man das tiefe Sprungbecken benutzen kann, denn das Schwimmbecken ist von kreischenden Sardinen so vollgestopft, daß man sich nicht darin bewegen kann.

Abends lassen Kater und ich Schallplatten laufen, oder wir besuchen Tante Kati und trinken eisgekühlten Tee bei ihr. An einem Wochenende kommt meine richtige Tante zu Besuch und schläft in meinem Zimmer, darum werde ich während dieser Zeit bei Tante Kati einquartiert und verwandle mich beinahe in Quark.

Ich habe mich bereits ziemlich an diesen langweiligen Tagesablauf gewöhnt, als Ma mich eines Morgens mit einer Postkarte überrascht. Sie ist von Tom: »Nächsten Dienstag frei. Wenn Du Lust hast, können wir uns gegen neun Uhr morgens an dem Aquarium von Coney Island treffen, noch bevor der Strand übervölkert ist.«

Bis Dienstag zieht sich die Woche noch einmal mächtig in die Länge, aber strahlend stehe ich nun doch endlich früh in Coney Island. Tom ist nicht zu übersehen – er schreitet wie ein Tiger den Uferweg auf und ab. Wir begrüßen uns, und ich bin schon drauf und dran, auf das Wasser loszustürzen, doch Tom schnalzt dauernd mit den Fingern und schaut unentwegt rechts und links den Uferweg entlang.

Schließlich sagt er: »Da ist ein Mädchen, das ich einmal ganz gute kannte. Erst letzte Woche habe ich sie seit langer Zeit wieder gesehen, und da zankten wir uns ein wenig, und ich nehme an, daß sie nun verärgert ist. Ich habe ihr geschrieben und sie gebeten, heute zum Baden zu kommen, aber vielleicht kommt sie doch nicht.«

Ich reime mir zusammen, daß ich lediglich für alle Fälle mal hierher bestellt wurde, falls das Mädchen nicht aufkreuzen sollte, aber das macht mir nichts aus. Immerhin – sie erscheint tatsächlich. Sie können sich nicht allzu ernsthaft gezankt haben, denn sie ist ganz freundlich zu ihm.

Tom macht uns miteinander bekannt. Sie heißt Hilda, ihr Familienname ist schwer auszusprechen, er könnte schwedisch sein. Sie hat einen breiten, lachenden Mund, einen mächtigen, blonden Haarschopf, den sie oben auf dem Kopf zu einem Knoten zusammengerollt hat, und sie ist sehr schlank. Sie fragt mich, wo ich Tom kennengelernt habe, und wir erzählen ihr die ganze Geschichte mit Kater und dem Keller von Nummer 46, und ich verrate den beiden sogar die Hintergründe für meinen neuen Haarschnitt, worüber ich noch mit niemand gesprochen hatte. Sie müssen tüchtig darüber lachen, und dann fragt sie ihn nach seinem Tankstellenjob, und er antwortet, daß dieser ihm zum Halse heraushängt.

Ich denke, es wäre ganz gut, wenn sie eine Weile für sich allein sind, also gehe ich schwimmen, schlendere ein bißchen am Strand entlang, esse ein heißes Würstchen und schwimme noch einmal. Als ich zurückgehe, sehe ich Tom und Hilda gerade aus dem Wasser kommen, also geselle ich mich zu ihnen. Hilda sagt: »Komm, wir trinken eine Cola«, und Tom meint, daß er noch einmal versuchen will, nach »Frankreich« hinüberzuschwimmen.

Ich weiß nicht, was sie vorhat, aber wir holen uns Cola und strecken uns dann in der Sonne aus. Hilda fragt mich, ob ich mal rauchen möchte, und ich antworte: »Nein.« Es tut einem aber gut, wenn man wenigstens gefragt wird. Wir beobachten Tom, der alle anderen

Schwimmer hinter sich zurückläßt und sich weit hinauswagt. Ich wünsche, ich hätte ihn begleitet. Ich sage: »Der Bademeister wird ihn gleich wieder zurückpfeifen. Alle anderen sind weit hinter ihm.«
Hilda atmet hörbar aus und seufzt: »Er wird immer so weit gehen, bis man ihn zurückpfeift. Er muß immer weiter gehen als alle anderen.«
Ich weiß nicht recht, was ich darauf erwidern soll, also sage ich gar nichts.
Hilda fährt fort: »Ich war Serviererin in einem Restaurant nahe am Washington Square. Tom und eine Menge Jungen von der New Yorker Universität kamen oft dorthin. Manchmal saß er am Vortag einer Prüfung stundenlang herum, spendierte den anderen Cola und benahm sich, als kümmere ihn nichts auf der Welt. Dann wieder hockte er in einer Ecke und rührte in seinem Kaffee herum, als wollte er ein Loch in die Tasse bohren, und niemand wußte, warum er das tat.«
»Tom war auf der Universität?« frage ich. Ich weiß nicht, ob ich sein Leben überhaupt über jene Begegnung im Keller hinaus zurückverfolgt hatte. Wahrscheinlich habe ich nie darüber nachgedacht.
»Ja«, sagt Hilda. »Er war etwa eineinhalb Jahre lang in dem College am Washington Square. Er wohnte in einem Studentenheim stadtaufwärts, aber wir sahen uns immer im Restaurant, und später, als ich nicht mehr dort arbeitete, verabredeten wir uns noch oft. Irgendwo im Westen wohnt seine Familie – sein Vater und eine Stiefmutter. Kam man auf sie zu sprechen, reagierte er immer mürrisch und zugeknöpft, auch bevor er aus der Uni hinausflog. Jetzt will er ihnen nicht einmal mehr schreiben.«
Das ist ein bißchen viel Neues auf einmal, und eine ganze Reihe von Fragen drängen sich auf. Zuerst

kommt mir die folgende in den Sinn: »Wieso flog er aus der Universität hinaus?«

»Nun, Tom ärgert sich furchtbar darüber, und deshalb hat er mir die ganze Geschichte noch nie wirklich offen und ehrlich erzählt. Das Ganze hängt mit seinem Vater zusammen. Ich glaube, sein Vater schrieb ihm, er solle aus irgendeinem Grund in den Weihnachtsferien nicht nach Hause kommen. Tom und ein paar andere Jungen, die über die Ferien im Wohnheim zurückblieben, wurden übermütig und veranstalteten eine Wasserschlacht. Das College nahm das übel und schrieb den Eltern der Übeltäter, sie möchten für den Schaden aufkommen. Die anderen Eltern waren zwar sehr wütend, aber sie standen zu ihren Söhnen und bezahlten. Toms Vater ließ einfach nichts von sich hören. Nicht eine Zeile.

Es fing damit an, daß Tom fürchterlich grimmig aussah, wenn er ins Restaurant kam. Das College begann ihn wegen der Wasserschlachtrechnung und der Studiengebühren für das zweite Semester unter Druck zu setzen. Er machte seine erste Prüfung in Physik und bekam eine Eins. Tom ist sehr gescheit.

Er hörte noch immer nichts von zu Hause. Er machte eine zweite Prüfung, diesmal in Französisch, und er war überzeugt, er sei durchgefallen. Noch am gleichen Nachmittag ging er ins Büro und sagte dem Direktor, er gehe ab, dann packte er seine Sachen und verschwand. Ich sah ihn nicht wieder, bis vor einer Woche. Ich wußte nicht, ob er nichts mehr von mir wissen wollte oder ob er in eine andere Stadt gezogen war oder was sonst mit ihm war.

Er sagte, er habe seinem Vater geschrieben, daß er nun einen guten Job habe und daß sie keinen Gedanken mehr an ihn zu verschwenden brauchten. Dann brach

er in jenen Keller ein – als Mutprobe oder als Nervenkitzel. Soweit sind wir nun also. Was tun wir jetzt?«
Hilda sieht mich an – mich, den Vierzehnjährigen –, als ob ich es tatsächlich wissen könnte, und ich finde das ziemlich aufregend. Bei allen, die ich kenne, verläuft das Leben in festen Bahnen: Volksschule, Oberschule, Fachschule oder Universität und vielleicht Heirat. Sie müssen eigentlich gar nicht darüber nachdenken, was als nächstes kommt.
Ich sage vorsichtig: »Mein Vater meint, ein Junge müsse heutzutage aufs College gehen, wenn er es zu etwas bringen wolle. Vielleicht sollte er zurück auf die Uni.«
»Du hast recht, Opa«, sagt sie, und ich wäre mir dämlich vorgekommen, wenn sie nicht so nett und freundlich dabei gelacht hätte. »Ich wünschte, ich könnte ihn dazu überreden, aber das ist nicht so leicht. Ich schätze, er muß sich einen Job suchen und dann zur Abendschule gehen, wenn man ihn dort noch aufnimmt. Auf keinen Fall wird er jedoch seinen Vater um Geld bitten.«
»Na, ihr zwei plant wohl inzwischen mein Leben?« Tom ist von hinten an uns herangetreten, während wir auf dem Bauch im Sand liegen. »Ich hoffe nur, daß diese dumme Nuß an der Tankstelle mir eine gute Empfehlung mitgibt, damit ich einen anderen Job bekomme. Der läßt ja seine Kasse keinen Moment aus den Augen, so daß man meinen könnte, ich sei Al Capone.«
Wir unterhalten uns noch eine Weile, dann steht Hilda auf und sagt, sie gehe zur Toilette. Sie ziert sich nicht und stellt sich nicht albern dabei an wie andere Mädchen, wenn sie mit Jungen zusammen sind.
»Wie gefällt dir Hilda?« fragt Tom, und wieder bin ich etwas überrascht, weil es so aussieht, als wolle er wirklich meine Meinung hören.

»Sie ist nett«, sage ich.
»Tja.« Tom blickt plötzlich finster drein, als ob ich gesagt hätte, sie gefiele mir nicht. »Ich weiß nicht, warum sie ihre Zeit an mich verschwendet. Sie wird nie etwas mit mir anfangen können. Wenn ihre Familie von mir erfährt, bekomme ich den Laufpaß.«
»Ich könnte meinen Pa fragen. Du weißt doch, er ist Rechtsanwalt. Vielleicht weiß er, was du tun mußt, um wieder ins College zu kommen oder eine Stelle zu finden oder so.«
Tom lacht – ein unsinniges Bellen. »Vielleicht sagt er dir, du sollst die Finger von Individuen lassen, die Schwierigkeiten mit der Polizei haben.«
Da ist allerdings was dran. Wenn ich darüber nachdenke, so weiß ich eigentlich gar nicht, warum ich überhaupt gesagt habe, ich wolle mit Pa sprechen. Normalerweise achte ich sorgfältig darauf, daß er seine Nase nicht in meine Privatangelegenheiten steckt, weil er mich dann gleich herumkommandiert. Allein kann ich jedenfalls überhaupt nichts für Tom tun.
Ich sage: »Ich will es mal wagen. Im schlimmsten Fall hält er eben einen Vortrag. Einmal machte er eine Staatsaffäre aus einer Belafonte-Platte, die ich mir gekauft hatte, und die ihm nicht gefiel. Ein andermal warf ich beim Schlagball das Fenster eines Cadillac ein, und Pa benahm sich, als wollte er den Kerl verklagen, nur weil er einen Cadillac besaß. Man weiß einfach nie, woran man bei ihm ist.«
Tom sagt: »Bei meinem Vater weiß man es schon, bei ihm habe ich immer unrecht.«
Da kommt Hilda zurück und fällt uns ins Wort: »Wenn er sich überhaupt nicht um dich kümmert, warum hältst du dann nicht den Mund und denkst nicht mehr an ihn?«

»Schon gut, schon gut«, sagt Tom.
Inzwischen hat sich der Strand bevölkert, daher schlüpfen wir in unsere Sachen und steuern auf die U-Bahn zu. Tom und Hilda steigen in Brooklyn aus, ich fahre weiter bis zum Union Square.
An jenem Abend spült Ma nach dem Essen Geschirr, und Pa liest die Zeitung; der Augenblick ist also ganz günstig.
»Pa«, sage ich, »da ist dieser Junge, den ich am Strand kennenlernte. Das heißt, eigentlich traf ich ihn schon im Frühling einmal, als ich Kater nachspürte, und dieser Junge war im Keller von Nummer 46; er wurde gefaßt und ...«
»Waaas?« Pa legt seine Zeitung weg und nimmt die Brille ab. »Fange noch einmal von vorne an.«
Also erzähle ich ihm die ganze Geschichte, langsam und mit vielen Erläuterungen. Ich lasse nichts aus, auch nicht das mit der Tankstelle und Hilda und der Uni. Eines muß man Pa doch lassen: Wenn er sich erst einmal hinsetzt, um zuzuhören, dann hört er auch zu. Als ich fertig bin, setzt er sich die Lesebrille wieder auf und geht ans Fenster.
»Hast du Name und Adresse des jungen Mannes, oder ist er einfach Tom aus dem Keller?«
Ich hatte sie mir heute am Strand von Tom geben lassen. Er wohnt in einem CVJM-Heim in Brooklyn, und das sage ich Pa auch noch.
Pa antwortet: »Teile ihm mit, er soll mich im Büro anrufen und mich an seinem freien Tag besuchen. In der Zwischenzeit werde ich mich noch mit den städtischen Erziehungsmethoden für jugendliche Delinquenten beschäftigen.«.
Er sagt das genauso, als gäbe es wirklich ein Buch über dieses Thema. Dann nimmt er seine Zeitung wieder

auf, woraus ich schließe, daß der Fall für ihn einstweilen erledigt ist.
»Danke, Pa«, sage ich und ziehe mich zurück.
»Keine Ursache«, erwidert er. Als ich schon an der Tür bin, fügt er noch hinzu: »Wenn dein Kater es sich zur Gewohnheit macht, dich in fremden Kellern mit der Unterwelt bekanntzumachen, so können wir auch ohne ihn auskommen. Wahrscheinlich können wir das sowieso.«

Rettung in letzter Minute

Kater hat mich zwar in keine weiteren Keller mehr gelockt, aber ich kann wirklich nicht ernsthaft behaupten, daß er brav und sittsam zu Hause geblieben ist – er nicht! An einem heißen Morgen wollte ich die Milch hereinholen, als ich Kater schlafend auf der Fußmatte fand. Er sah nicht einmal zu mir auf. Als ich ihn schließlich zwischen den Ohren kraulte und ihm gut zuredete, erhob er sich und humpelte ins Haus.
Ich legte ihn auf mein Bett, direkt ins Licht, um ihn zu inspizieren. Eine Vorderpfote war aufgerissen (darum hinkte er auch), das linke Ohr war aufgeschlitzt, und immer wieder entdeckte ich einen neuen kahlen Fleck, wo das Fell fehlte. Er rollte sich auf meinem Bett zusammen und rührte sich den ganzen Tag nicht mehr.
Alle paar Stunden ging ich hinein, um nach ihm zu sehen, und überlegte mir, ob ich ihn zu einem Tierarzt bringen sollte. Er schien jedoch ganz normal zu atmen, darum ließ ich ihn einstweilen in Ruhe. Am Abend schob ich ihn vorsichtig zur Seite und überlegte, was wohl am nächsten Morgen zu tun sei.

Nun, am nächsten Morgen wacht Kater auf, streckt sich, gähnt, springt federnd auf den Boden und spaziert davon. Er hinkt immer noch ein wenig, aber sonst benimmt er sich, als sei nichts geschehen. Er will nur wissen, was es zum Frühstück gibt.

»Von nun an mußt du dich vorsehen. Eines Tages gerätst du an einen Kater, der größer und gerissener ist als du«, sage ich zu ihm. Kater wartet geduldig auf das Frühstück. Er ist keineswegs beeindruckt.

Aber ich mache mir Sorgen. Was würde geschehen, wenn irgendein fetter alter Kater ihn so sehr zerfleischt, daß er nicht mehr allein nach Hause kommt? Nach dem Frühstück nehme ich ihn für eine Weile mit in den Hinterhof hinaus, dann schließe ich ihn in mein Zimmer ein und gehe hinüber zu Tante Kati, um bei ihr Rat zu holen.

Sie serviert mir wie immer eisgekühlten Tee und Quark.

»Ich habe schon gefrühstückt. Was soll ich nun noch mit dem Quark?«

»Iß ihn. Er tut dir gut.«

Also esse ich ihn, und dann fange ich an, ihr von Kater zu erzählen. »Vorletzte Nacht kam er ganz zerschunden heim. Ich habe Angst, daß er es eines Nachts nicht mehr schafft.«

»Ganz richtig«, sagt Kati. Sie ist nicht sehr redselig, aber trotzdem bin ich etwas überrascht. Ich hatte erwartet, sie würde mich damit beruhigen, daß Kater ja selbst auf sich aufpassen könne. Sie beginnt, Susans jüngste Katzenbabys unter dem Sofa hervorzuziehen und sie wie Bänder auseinander zu sortieren: ein graues, zwei tigergestreifte, ein gelbes, ein geschecktes.

»Was willst du nun tun?« ruft sie herüber, während sie die Kätzchen zu Susan zurückschiebt.

»Ich – äh –, ich weiß nicht. Ich dachte, ich sollte vielleicht versuchen, ihn nachts einzuschließen.«

»So. Du verstehst nicht viel davon, nicht wahr? Also werde ich es dir sagen. Dein Kater ist wohl inzwischen Vater von ein paar Dutzend Kätzchen geworden, und wenn ein Kater erst einmal draußen gewesen ist und sich gepaart hat, kann man ihn nicht mehr zurückhalten. Du mußt ihn verschneiden lassen, dann wird er nicht mehr so oft hinauswollen.«

»Verschneiden?«

»Kastrieren ist der Fachausdruck dafür. Es ist eine Operation von zwei Minuten, kostet dich drei Dollar. Bring ihn ins Speyer Hospital – ein großes neues Gebäude an der 1. Avenue.«

»Du meinst, ich soll ihn kastrieren lassen, so daß er kein richtiger Kater mehr ist? Auf keinen Fall! Ich will nicht, daß man ihn in eine fette alte Sofakatze verwandelt!«

»Das wird man auch nicht«, sagt sie. »Aber wenn es dir lieber ist, laß ihn nur in einer Katzenschlacht verenden. Er ist zäh. Er wird es schon noch ein oder zwei Jahre machen. Tu, was du willst.«

»Ach, das kann doch nicht dein Ernst sein! Du mit deinem Quark!«

Schon als ich es ausspreche, habe ich ein schlechtes Gewissen. Aber ich bin wütend und durchgedreht und knalle die Tür hinter mir zu. Es ist das erste Mal, daß ich so von Kati weggehe. Sonst verlasse ich nur unser Haus voller Wut und gehe zu Kati.

Jetzt habe ich niemand mehr, zu dem ich gehen könnte. Wutentbrannt marschiere ich schimpfend los und kicke Steinchen vor mir her. Ich komme an einem Kino vorbei und gehe zur Kasse hinauf.

Die Wasserstoffblonde hinter der Glasscheibe blickt mich an und sagt höhnisch: »Du bist noch nicht sechzehn. Wir haben in diesem Kino keine Kinderabteilung.« Sie fragt nicht einmal, sie sagt es einfach. Verrückte Welt. Ich gehe nach Hause. Außer Kater ist niemand da, also stelle ich den Plattenspieler auf volle Lautstärke.

Als Pa an jenem Abend heimkommt, hat er eine seiner plötzlichen Großzügigkeitsanwandlungen und lädt uns alle ins Kino ein. Kater benimmt sich jetzt anständig und beschränkt sich eine Zeitlang auf unser Haus und unseren Keller, so daß ich mir also keine Sorgen mehr mache. Aber es dauert nicht lange.

Sobald seine Pfote geheilt ist, beginnt er wieder davonzutänzeln. Eines Nachts höre ich im Hinterhof Katzen schreien; ich gehe mit einem Eimer voll Wasser hinaus, klatsche ihn über die Streithähne und nehme Kater mit hinein. Völlig trocken und unberührt sitzt eine hübsche kleine Tigerkatze – fast noch ein Kätzchen – auf dem Zaun und leckt sich. Kater will ein paar Tage lang nichts mehr von mir wissen.

Eines Morgens kommt unser Hausmeister Butch herauf und klopft an unsere Tür. »Komm mal runter und sieh dir deine Katze an. Sie ist ganz hübsch zugerichtet. Mehr als halbtot.«

Ich rase hinunter, und da liegt Kater in einer Ecke auf dem kalten Steinboden und streckt alle viere von sich. Sein Mund ist halb geöffnet, und sein Atem geht keuchend, als ob er Asthma hätte. Ich weiß nicht, ob ich ihn aufheben soll oder nicht.

Butch sagt: »Laß ihn am besten liegen.«

Ich setze mich neben ihn auf den Boden. Nach einer Weile atmet er etwas leichter, und er legt den Kopf zur

Seite. Jetzt bemerke ich, daß er eine lange, tiefe Kratzwunde hat, die sich von der Schulter bis über die Pfote herunterzieht. Die Wunde ist etwa einen Zentimeter breit, und es ist offensichtlich, daß sie nicht von selbst heilt.

Butch schüttelt den Kopf. »Du mußt ihn zum Veteran bringen. Das ist der Katzendoktor.«

»Ja, ja«, sage ich, ohne ihn zu verbessern. Nicht nur die Wunde macht mir Sorgen. Mir fallen auch Katis Worte wieder ein, und es läuft mir dabei kalt über den Rücken: Im Dschungel der Hinterhöfe wird er es noch ein bis zwei Jahre machen.

Wenn ich Kater jetzt ansehe, weiß ich, daß sie recht hat. Aber Kater ist so ein – na, so ein richtiger Kater. Wie kann ich es zulassen, daß er derart degradiert wird?

Ich sage Butch, daß ich gleich wieder unten bin, und gehe die Treppe zur Wohnung hinauf. Ma macht in der Küche sauber und summt dabei vor sich hin. Ich gehe unruhig umher und starre eine Weile aus dem Fenster. Schließlich gehe ich in die Küche und stiere in den Eisschrank, und dann erzähle ich Ma von der Kratzwunde an Katers Bein.

Sie fragt, ob ich einen Tierarzt weiß, zu dem ich ihn bringen könnte.

»Ja, ins Speyer-Hospital. Es ist ein neues Gebäude – sogar für Menschen gut genug –, mit Aussicht auf den East River. Es ist nur, Ma – Kater läuft immer wieder weg und gerät in Kämpfe, und man hat mir gesagt, ich solle ihn kastrieren lassen.«

Ma taucht den Schwamm ins Wasser und drückt ihn aus und putzt am Spülbecken herum, und ich frage mich, ob sie überhaupt weiß, wovon ich spreche; ich kann es nämlich nicht besser erklären.

Schließlich wringt sie den Schwamm aus und setzt sich an den Küchentisch.
»Kater ist kein wildes Tier mehr«, sagt sie, »und er würde es auch dann nicht mehr, wenn du ihn laufen ließest. Er gehört dir, also mußt du das tun, was für ihn am besten ist, ob es dir nun angenehm ist oder nicht. Frage den Tierarzt und tue, was er sagt.«
Ma nimmt kein Blatt vor den Mund, aber das macht mir meinen Entschluß auch nicht leichter. Sie nimmt fünf Dollar aus ihrem Portemonnaie und reicht sie mir.
Ich hole den Weidenkorb heraus, gehe in den Keller und lege Kater hinein. Er miaut – ein leises, ärgerliches Knurren, aber er versucht nicht auszureißen.
Kater in dem Tragkorb zu schleppen ist kein Pappenstiel, und mir wird auf dem Weg zum Bus und von der Bushaltestelle wieder zum Tierhospital ganz schön warm.
Dort muß ich zuerst einmal warten. Hunde beschnuppern mich, und ich fülle Formulare aus. Das Fräulein fragt mich, ob ich auch bezahlen kann, und da ich ja Mas fünf Dollar und außerdem noch vier eigene besitze, sage ich zuversichtlich ja.
Der Arzt sieht noch jung aus, aber er hat eine Glatze und trägt einen weißen Kittel wie mein Zahnarzt. Ich lege Kater vor ihn auf den Tisch, und er sagt zu ihm:
»Warum hörtest du nicht auf deine Mutter und hieltest dich aus Streitereien heraus?«
Ich atme ein wenig auf und lächle, und der Doktor sagt:
»So ist's schon besser. Mach dir keine Sorgen, wir werden uns schon um den Herrn Kater kümmern. Er hat diese Wunde wohl in einem Kampf bekommen?«
»Ja.«

»Ist er schon kastriert worden?«
»Nein.«
»Wie alt ist er?«
»Ich weiß nicht. Er gehörte niemand, ich habe ihn jetzt schon seit fast einem Jahr.«
Während der Doktor redet, streichelt er Kater und sieht ihn sich genau an. Er liebkost ihn weiter und schaut mich an. »Ja, Junge, demnächst gerät er mal in seinen letzten Kampf. Sollen wir ihn auch gleich kastrieren, wenn wir sein Bein zusammenflicken?«
Nun ist es also soweit. Ich kann nicht sofort darauf antworten. Wenn der Arzt erst mit mir diskutiert hätte, hätte ich vielleicht gleich nein gesagt. Aber er summt und streichelt einfach weiter. Schließlich sagt er: »Es ist hart, ich weiß. Vielleicht hat er das Recht, ein Tiger zu sein. Aber man kann sich keinen Tiger als Haustier halten.«
Ich sage: »In Ordnung!«
Ein Assistent bringt Kater weg. In kaltem Schweiß gebadet, setze ich mich ins Wartezimmer, denn man sagte mir, es würde ein paar Stunden dauern. Schließlich gehe ich hinaus und schlendere um viele mir völlig unbekannte Häuserblocks herum, setze mich hin und trinke ein paar Colas und schaue zu der Brücke an der 59. Straße in Richtung Queens hinauf.
Als ich Kater abholen komme, hat er sich nicht verändert, nur daß sein ganzes rechtes Vorderbein mit einem Verband umwickelt ist. Der Doktor sagt, ich solle ihn am Freitag noch einmal zum Fädenziehen bringen.
Ma sieht mich zur Tür hereinkommen; wahrscheinlich mache ich ein ziemlich grimmiges Gesicht, denn sie sagt: »Kater wird doch wieder gesund, nicht wahr, mein Junge?«

»Ja.« Ich gehe an ihr vorbei in mein Zimmer, lasse Kater aus dem Korb und vergrabe meinen Kopf im Kissen. Ich schäme mich nicht direkt, weil ich heule, aber ich will nicht, daß Ma es hört.
Nach einer Weile ziehe ich meinen Kopf wieder hervor. Kater liegt neben mir, er hält seine Augen halb geöffnet und zuckt leicht mit seinem Schwanz. Ich reibe mir auf seinem Nacken die Augen und flüstere ihm zu: »Tut mir leid. Sei trotzdem tapfer, Kater, ja?«
Kater streckt sich und springt mit seinen drei gesunden Beinen vom Bett herunter.

West Side Story

Der Parkwächter vom Gramercy Park bekam einen Sonnenstich oder so etwas Ähnliches, und daher verdiente ich mir dort Mitte August mit Laubzusammenrechen und Rasenmähen vierzehn Dollar. Der Gramercy Park ist Privateigentum. Man muß einen Schlüssel besitzen, wenn man hinein will, denn die Stadt hält ihn nicht in Ordnung.
Richtiges Papiergeld kann einen durchaus in Hochstimmung versetzen – besonders zu dieser Jahreszeit.

Ich werde zu Sam Goodys Laden hinüberstürmen, um zu sehen, was für Platten er gerade auf Lager hat und welche Typen sich dafür interessieren. Vielleicht kaufe ich etwas, vielleicht aber auch nicht. Solange ich das Geld in meiner Tasche spüre, brauche ich mir jedenfalls nicht ständig einzubilden, daß der Kerl mich anglotzt, weil ich unnötig Platz in seinem Laden wegnehme.

Unterwegs mache ich bei der großen Bibliothek in der 42. Straße halt. Man gelangt bei den Löwen auf der 5. Avenue ins Innere, bestaunt die zahlreichen in den Hallen ausgestellten Bilder und Bücher und spaziert bis hintendurch, wo man Bücher ausleihen kann. Es ist angenehm kühl hier, und niemand belästigt einen, es sei denn, man macht Krach oder schläft ein. Ich kann mir hier Bücher ausleihen und sie in der Zweigstelle an der 23. Straße zurückgeben – eine praktische Sache.

Sam Goody hat eine Klimaanlage, daher ist es auch hier kühl. Man kann immer mehrere Platten auf einmal anhören, da meist verschiedene Plattenspieler gleichzeitig laufen. Den größten Spaß macht es mir allerdings, den Leuten zuzuschauen: Kleine, dicke, gutgepflegte Figuren kaufen langweilige klassische Musik, und magere, struppige Beatniks hören sich Jazzplatten an.

Ich gehe mal nachsehen, ob etwas Günstiges in der Kingston- oder Belafonteabteilung angeboten wird. Ein Mädchen steht da und liest die Rückseiten der Plattentaschen; eigentlich sehe ich nicht mehr von ihr als ihre Schuhe – kleine, rote Slipper. Nach einer Weile langt sie über meinen Kopf hinweg nach einer Platte und sagt: »Entschuldigen Sie!«

»Oh, bitte sehr.« Dann sehen wir uns an und sagen beide gleichzeitig: »Oh, hallo!«

Wir sind ganz schön überrascht, denn es ist das Mädchen, das ich damals mit Nick und Kater auf Coney Island kennenlernte, und jetzt sind wir doch beide weit weg von Coney Island. Es ist keine von den beiden Kichergänsen; es ist die dritte, die, die meinen Kater so gern mochte.

Wir haben beide den Namen des anderen vergessen, also fangen wir erst noch einmal mit der Vorstellung an. Ich frage sie, was sie die ganze Zeit über gemacht hat, und sie erzählt mir, daß sie ein paar Wochen lang in einem Pfadfinderinnenlager gewesen sei und sich anschließend noch ein paar Dollar als Babysitter verdient habe. Deshalb ist sie auch gerade hier, denn sie möchte, wie ich, das Geld in Platten anlegen. Ich erzähle ihr, daß ich im Sommer einmal draußen auf Coney war und nach ihr Ausschau hielt, was auch tatsächlich stimmt.

»Es ist eben eine große Insel«, sagt sie lächelnd.

»Sag mal, du wohnst doch da draußen? Wie kommst du denn ganz allein hierher? Gerät deine Mutter deswegen nicht in Panikstimmung? Meine hätte jedenfalls eine Heidenangst, wenn sie wüßte, daß ich allein nach Coney Island hinausginge.«

Mary sagt: »Ich bin mit Ma zusammen in die Stadt gefahren. Irgendeine Freundin von ihr eröffnet heute eine kleine Kunstausstellung, und da will sie dabei sein. Sie hat gesagt, ich könnte allein nach Hause fahren, sie weiß schon, daß ich nicht verlorengehe.«

Ich sage: »Es muß doch toll sein, eine Mutter zu haben, die sich nicht dauernd Sorgen um einen macht.«

»Oh, Ma macht sich schon Sorgen.« Mary kichert. »Du hättest sie hören sollen, als ich sagte, daß ich ›Vom Winde verweht‹ prima fände und ›Anna Karenina‹ nicht. Sie hätte mich fast aus der Familie verstoßen.«

»Was hält sie denn von Zukunftsromanen?« frage ich, worauf Mary eine Grimasse schneidet und wir beide lachen.

»Nun, meiner Ma ist es ziemlich egal, was ich lese«, erzähle ich weiter. »Sie hat nur ständig Angst, daß ich nicht richtig esse oder nasse Füße bekomme. Sie scheint sich überhaupt immer einzubilden, ich brächte mich um. Es ist wirklich lästig.«

Mary sieht plötzlich ernst aus. Sie sagt langsam: »Ich glaube, das wäre schön. Ich meine, jemanden zu haben, der sich darum kümmert, ob man sich wohl fühlt und so. Jedenfalls ist es schöner, als wenn einer ständig nur auf Kultur macht.«

Damit scheint das Mütterthema erschöpft zu sein; Mary nimmt die Platte der ›West Side Story‹ in die Hand und sagt: »Du, die würde ich zu gern sehen. Kennst du sie?« Ich verneine, und um die Wahrheit zu sagen, ich hatte kaum davon gehört.

»Ich habe ein Buch über ihn gelesen. Es war ganz wunderbar«, sagt sie.

»Über wen?«

»Bernstein, der Mann, der sie geschrieben hat.«

»Wovon handelt die West Side Story? Von ihm?« frage ich vorsichtig.

»Nein, nein – er hat die Musik dazu geschrieben. Sie handelt von einem Jungen und einem Mädchen, die zwei verschiedenen Banden angehören, und es wird eine Menge getanzt, und dann gibt es einen Kampf, und dieses Mädchen wird – na, man kann es schlecht erzählen. Man muß es sehen.«

Das bringt mich auf eine sehr einfache Idee.

»Dann tun wir es doch!« schlage ich vor.

»Was?«

»Wir sehen uns die Show an. Warum denn nicht? Wir haben doch Geld.«

»Also gut«, sagt sie langsam. »Meinst du, sie lassen uns hinein, wo wir doch noch nicht sechzehn sind?«

Ich muß sagen, das ist wirklich das erste Mädchen, mit dem ich anständig reden kann; sie spricht wie ein vernünftiger Mensch und versucht nicht dauernd, niedlich zu wirken.

Wir gehen zum Theater hinüber, und da heute gerade Mittwoch ist, soll gleich eine Nachmittagsvorstellung beginnen. Dem Mann an der Kasse scheint es nicht die geringsten Skrupel zu verursachen, von uns Geld zu nehmen – kein Wunder, es kostet zwei Dollar und neunzig Cent pro Person! Nun sind unsere Eintrittskarten abgerissen, noch ehe wir einen Gedanken fassen konnten.

Plötzlich sagt Mary: »Du, ich sollte doch noch meine Mutter anrufen. Wir wollen fragen, wann die Vorstellung zu Ende ist.«

Das tun wir, und Mary telefoniert. Sie sagt zu mir: »Ich habe ihr erzählt, daß ich an ›West Side Story‹ vorbeispaziert sei und noch eine Karte bekommen konnte. Von dir habe ich nichts erwähnt.«

»Warum nicht? Würde sie etwas dagegen haben?«

Mary blinzelt und macht ein nachdenkliches Gesicht.

»Ich weiß nicht. Ich weiß wirklich nicht. Es ist noch nie vorgekommen.«

Wir sehen uns die Show an, und sie hatte ganz recht: Es ist große Klasse. Ich war bisher kaum in Theatervorstellungen gewesen, abgesehen von ein paar Kinderstücken und irgend etwas äußerst Verwirrendem von Shakespeare, in das Pa mich einmal geschleppt hatte. Aber diese West Side Story ist einfach toll.

In der Pause trinken wir eine Limonade, und ich raffe mich zu der gewaltigen Geste auf, für beide zu bezahlen.

Mary sagt: »Ist das denn nicht herrlich? Da treffe ich dich zufällig einmal am Strand, und dann begegne ich dir wieder bei Goody, und wir sehen uns zusammen diese Show an, die ich schon ewig lange einmal sehen wollte. Keine meiner Schulfreundinnen will soviel Geld für eine Theatervorstellung ausgeben.«

»Es ist wunderbar«, sage ich. »Wenn es aus ist, gehe ich gleich wieder zu Goody und kaufe mir die Platte.«
Nach der Vorstellung kaufen wir sie also, und dann schlendern wir zusammen zur U-Bahn. Ich muß an der 14. Straße, der ersten Haltestelle, aussteigen, während Mary bis zur Endstation Coney weiterfahren wird.
In der U-Bahn kann man sich schlecht unterhalten. Es ist dort so laut, daß man schreien muß, und es fällt einem nicht so leicht, wenn man selbst nicht weiß, was man sagen soll. Jedenfalls kann man ein Mädchen nicht laut schreiend nach seiner Telefonnummer fragen – wenigstens ich kann es nicht.
Ich weiß überhaupt nicht so recht, was ich von dem Telefonnummernrummel halten soll. Irgendwie kann ich mir gar nicht vorstellen, daß ich eines Tages den Hörer abnehmen und sagen würde: Oh – äh – Mary, hier ist Dave. Willst du vielleicht mit mir ins Kino gehen oder sonst irgendwohin, ja? Es hört sich richtig blöde an, und ich wäre bestimmt verlegen. Was sie sagte, stimmt schon – es ist einfach wunderbar, wie wir uns zweimal zufällig trafen und soviel Spaß miteinander hatten.
Also überlege ich mir, wie ich es anstellen könnte, damit ich sie wieder einmal zufällig treffe. Vielleicht am Strand, im Herbst – ich muß mal überlegen –, ein schulfreier Tag – ja, Kolumbus-Tag!
Der Zug nähert sich der 14. Straße. Ich schreie: »He, sollen wir diesen Herbst wieder an den Strand gehen? Vielleicht am Kolumbus-Tag?«
»O. K.!« ruft sie zurück. »Am Kolumbus-Tag, frühmorgens!«
Inzwischen hält die Bahn.
»Also bis dann«, sage ich, und wir winken beide, als der Zug wieder anfährt.

Väter

Jene Operation hat Kater nicht so sehr verändert, wie man meinen könnte. Ich brachte ihn noch einmal in die Klinik, wo die Fäden aus seiner Pfote gezogen und der Verband abgenommen wurde. Ein paar Abende später hörte ich wieder Katzengejaule im Hinterhof. Ich ging hinunter und befreite Kater erneut aus einem Kampf. Er war noch nicht verletzt, aber er legte sich schon wieder tüchtig ins Zeug. Er scheint mit der Katze von nebenan in ständiger Fehde zu leben.

In letzter Zeit kommt er nun allerdings abends regelmäßig nach Hause, und manchmal sitzt er in den ersten kühlen Vormittagsstunden sogar mit mir auf der Veranda. Er thront dann auf einem Sockel, zwei Meter hoch über dem Bürgersteig, und ich hocke daneben auf der Treppe, lasse mein Transistorradio laufen und lese.

Jedesmal, wenn Kater von seinem hohen Sitz aus einen Hund an der Leine vorbeispazieren sieht, duckt er sich, als wolle er zum Sprung ansetzen. Natürlich hat der arme Hund keine Ahnung, daß er gerade noch einem Überfall entgangen ist, und schwänzelt ungerührt weiter. Kater legt seinen Schwanz wieder schlafen und rümpft höhnisch die Nase.

Während des Wetterberichts höre ich ihn schnurren, laut und dröhnend, und als ich aufstehe, steht Tom da und streichelt Kater gegen den Strich zu den Ohren hin. Tom pfeift leise vor sich hin.

»Hallo, du bist's! Guten Tag!« rufe ich.

»Guten Tag«, antwortet er. Er streichelt Kater weiter, tätschelt ihn liebevoll und setzt sich hin.

»Ich war eben bei deinem Vater. Er ist ein prima Kerl.«

»Was? Du hast wohl 'nen Stich? Hat er dir nicht mindestens zehn Vorlesungen über gesundes Leben, Redlichkeit, Baseball und lange Spaziergänge mit einem Hund gehalten?«
»Nein.« Tom grinst, aber dann starrt er wieder auf die Straße hinaus; ich schweige.
»Weißt du«, sagt er, »du bringst mich auf einen Gedanken. Du redest, als sei dein Vater ein fürchterlicher Nerventöter, und dieselbe Vorstellung hatte ich immer von meinem. Dein Vater ist aber in meinen Augen ein prima Kerl, und vielleicht könnte das mein Vater auch sein, wenn ich ihm dazu Gelegenheit gäbe. Dein Vater sagte, ich solle das tun.«
»Solltest was? Nach Hause fahren?«
»Nein. Dein Vater meinte, ich sollte ihm einen langen Brief schreiben und für meine ganzen Dummheiten einstehen, den Abgang von der Uni, die Kellergeschichte usw. Dann soll ich schreiben, daß ich eine Stelle bekommen und zur Abendschule gehen werde. Dein Vater glaubt, er würde mir sicher helfen. Er sagte, er wolle ihm auch schreiben. Er hat eigentlich gar keinen Grund dazu, ich bedeute ihm doch gar nichts. Es ist wirklich sehr nett von ihm.«
Ich versuche, all das zu verdauen, und es erscheint mir wahrhaftig unbegreiflich. Als ich damals jenen lausigen Pförtner mit dem Rad aus Versehen absichtlich über den Haufen fuhr, hielt Pa mir keine Gardinenpredigt. Er gab mir einfach einen Monat Hausarrest.
Tom schlägt mir freundschaftlich auf die Schulter und steht auf. »Hilda hat wieder in der Kaffeestube zu arbeiten angefangen. Ich denke, ich besuche sie noch rasch vor dem Mittagsrummel und schreibe dann zu Hause meinen Brief.«
»Grüße sie von mir.«

Das Wetter kühlt sich etwas ab, und Pa beginnt vom Urlaub zu reden. Er nimmt sich zwei Wochen frei, die letzte August- und die erste Septemberwoche. Ich fange also an, verschiedene Kleinigkeiten einzukaufen, die uns am Angelgerät und an der Picknickausrüstung noch fehlen. Wir werden zu diesem See nach Connecticut hinausfahren, wo wir so etwas wie ein Motel-Landhäuschen mieten können. Auf einer kleinen Elektroplatte können wir morgens Kaffee kochen, aber meistens essen wir draußen an der frischen Luft – eine tolle Sache!

Als wir eines Abends im Wohnzimmer sitzen und unsere Sachen auseinanderklauben, klingelt es plötzlich. Ich mache auf, und Tom kommt herein. Mit ausdruckslosem Gesicht nickt er mir zu und geht ins Wohnzimmer. Er schüttelt uns die Hände wie ein hölzerner Indianer. Sein Gesicht zeigt wieder jenen verschlossenen Ausdruck, so wie damals, als ich ihn an der Tankstelle zurückließ.

Er greift in die Tasche und zieht einen Brief hervor. Ich kann einen roten Poststempel erkennen und neben der Adresse: »Unzustellbar – Zurück.« Tom knallt den Brief auf den Tisch.

»Da habe ich meine Antwort.«

Pa wirft einen Blick auf den Umschlag, und ich sehe, wie sein Fuß zu zucken beginnt – das ist ein Zeichen dafür, daß Pa kurz vor dem Explodieren ist. Aber er sieht Tom an, und statt zu explodieren, sagt er nur: »Dein Vater ist umgezogen, ohne eine Adresse zu hinterlassen?«

»Es scheint so. Er ist einfach mit dieser Frau, die er geheiratet hat, verschwunden.« Toms Stimme versagt, und er geht zum Fenster hinüber. Wir sitzen alle einen Augenblick lang schweigend da.

Schließlich sagt Pa: »Ich würde nicht zu viele Gedanken an sie verschwenden. Sie hat nichts mit dir zu tun.«
Tom dreht sich zornig um. »Sie taugt nichts. Sie faulenzt den lieben langen Tag. Sie hat ihn bestimmt zum Wegziehen überredet.«
»Und er ging dann auch.« Wieder ein kurzes Schweigen, dann fährt Pa fort: »Wo habt ihr denn dort gewohnt?«
»In einem Haus. Dazu war es noch ein recht hübsches, kleines Haus. Dunkelrot mit weißem Holzwerk und einem Garten, der gerade groß genug zum Ballspielen war und in dem ich jeden Frühling ein paar Salatköpfe pflanzte. Einmal konnte ich sogar einen Kolben Mais ernten. Wir zogen dorthin, als ich in der zweiten Klasse war, denn meine Mutter sagte, es gäbe eine gute Schule am Ort. Ich wohnte dort, bis ich ins College kam. Ich nehme an, er hat es verkauft oder ein Darlehen darauf genommen, und nun sind sie sang- und klanglos damit verschwunden.«
Tom verschluckt die letzten Worte. Plötzlich sehe ich das Bild ganz deutlich vor mir: das hübsche Haus, den Vater, den Tom immer schlechtgemacht hatte, und der, wie er nun hoffte, doch noch allen Ansprüchen gerecht werden würde. Jetzt ist es, als hätte jemand seine ganze Kindheit genommen und wie einen Bogen Seidenpapier zusammengeknüllt und weggeworfen.
Ma steht auf und geht in die Küche. Pas Fuß zuckt immer noch. Schließlich sagt er: »Ja, ich habe dich in eine falsche Richtung gelotst. Es tut mir leid. Aber vielleicht ist es auch ganz gut, daß die Sache nun erledigt ist.«
»Die ist allerdings erledigt«, erwidert Tom.
Ma bringt ein Tablett mit Gläsern voll Ingwerbier herein. Es scheint zwar nicht ganz der passende

Augenblick für so etwas zu sein, aber als Tom sein Glas entgegennimmt, sieht er aus, als würde er gleich losheulen.
Er trinkt ein bißchen und schneuzt sich die Nase, dann sagt Vater: »Wann mußt du wieder beim Jugendamt vorsprechen?«
»Am Dienstag, meinem freien Tag. Und nächste Woche mache ich mit dem Tankstellenjob Schluß, gleich nach dem Labour Day.«
»Labour Day. Es wird Zeit, daß wir etwas unternehmen. Wenn es dir recht ist, begleite ich dich zum Jugendamt, und vielleicht können wir dann gemeinsam einen Weg finden. Mach dir nicht zu viele Gedanken. Ich habe das Gefühl, du fängst jetzt erst an zu kämpfen, wirklich zu kämpfen, nicht nur ein paar Steine zu werfen.«
»Ich weiß nicht, warum Sie sich diese Mühe machen.«
Tom erhebt sich. Während wir uns unterhielten, war Kater unter den Ecktisch gekrochen, und jetzt, wo Tom aufsteht, stürzt er sich aus dem Hinterhalt auf ihn. Das bringt Tom aus dem Gleichgewicht, und mit Kater im Arm, sitzt er plötzlich wieder im Sessel.
»Du hast nichts zu fürchten«, sagt Pa. »Kater ist auf deiner Seite.«

Kater und die Autobahn

Kater ist vielleicht auf Toms Seite, aber ob Pa auch auf Katers Seite ist, das ist wieder eine andere Frage. Darüber mache ich mir auch während der Urlaubsvorbereitungen ständig Gedanken. Angenommen, in dem Motel werden keine Katzen geduldet? Oder angenom-

men, er reißt auf dem Lande aus? Wenn er uns in irgendeiner Weise den Urlaub verpatzt, dann wird Pa garantiert darauf bestehen, daß er wegkommt.
Ich stecke Kater immer wieder in den Weidenkorb, um auszuprobieren, ob ich ihn ab und zu hier drin behalten könnte, aber er miaut wie wild. Das würde Pa im Auto verrückt machen, und es würde ihn auch bestimmt vor keinem Motelbesitzer verbergen helfen. Ich werde mich also einfach mit ihm auf den Rücksitz setzen und das Beste hoffen, aber ich habe das unangenehme Gefühl im Magen, daß irgend etwas schiefgeht.
Pa ist ohnehin ziemlich gereizt. Er arbeitete fast jeden Abend bis zu später Stunde, um vor Urlaubsantritt noch reinen Tisch zu machen. Er kann keine Sonderprobleme brauchen, schon gar nicht Katzenprobleme. Ma hat in letzter Zeit sehr viel unter Asthma gelitten, und wir sind alle ziemlich nervös. Gegen Ende des Sommers ist das immer so.
Als Pa am Dienstagabend heimkommt, frage ich ihn, wie es mit Tom gegangen ist. »Wir werden schon etwas finden«, meint er, was eigentlich nicht gerade als eine große Erklärung zu werten ist.
»Meinst du, er kann wieder ins College zurück?«
»Ich weiß nicht. Das Jugendamt wird sich darum bemühen. Sie wollen dafür sorgen, daß er die Zwischenprüfungen noch nachholen kann, die er versäumt hat, damit ihm dieses eine Semester noch angerechnet wird. Dann kann er wahrscheinlich damit anfangen, das zweite Semester in Abendkursen nachzuholen, wenn er eine Arbeit hat.
Anscheinend wußte das Jugendamt, daß sein Vater verschwunden ist, denn sie versuchen schon eine ganze Weile, ihn ausfindig zu machen. Ich glaube aber nicht, daß etwas Gutes dabei herauskommt, wenn sie ihn

finden. Es ist besser für Tom, wenn er ihn einfach abschreibt und sein Leben selbst in die Hand nimmt.«
Tja, oft sehe ich Gauner im Fernsehen und so, aber bei meinen persönlichen Bekannten gehe ich immer folgendermaßen vor: Ich werfe die Eltern zusammen in einen Topf und die Kinder alle in einen anderen. Und da sitzt nun mein Pa und spricht seelenruhig davon, daß ein Sohn seinen Vater lieber als üblen Kerl abschreiben und seine eigenen Wege gehen sollte. Ich glaube, wenn der Vater stirbt, kann man sich schließlich noch damit abfinden, aber wenn er sich einfach nur so aus dem Staub macht – das wäre viel schlimmer.
Während ich solchen tiefschürfenden Gedanken nachhänge, hat Pa sich wieder seiner Zeitung zugewandt. Ich blicke zufällig auf die Spalte der Stellenanzeigen auf der Rückseite, und plötzlich stellen sich meine Gedanken auf Tom und Arbeit ein.
»He, Pa! Du kennst doch den Blumenhändler Palumbo an der Ecke, bei dem du am Muttertag immer den Blumenstock für Ma kaufst? Vor ein paar Wochen bin ich bei ihm gewesen, weil er einen Zettel aushängen hatte: ›Gehilfe gesucht‹. Ich dachte, es handle sich vielleicht um Botengänge oder sonst etwas, das ich nach der Schule erledigen könnte. Aber er sagte, er brauche jemand für den ganzen Tag. Ich bin ziemlich sicher, daß der Zettel noch da hängt.«
»Was? Palumbo?« Pa nimmt die Brille ab und kratzt sich damit den Kopf. Er blickt auf die Uhr und seufzt: »Hat er noch offen?«
Er hat, und Pa geht gleich hin. Er kennt Palumbo ganz gut, denn zum Muttertag und Ostern und am Wahltag geht Pa hin, weil der Laden außerdem Wahllokal für unseren Bezirk ist. Er kauft dann immer noch einen kleinen Blumenstrauß, denn er meint, man müsse dem

Mann auch ein wenig Gelegenheit zum Geschäftemachen geben, wenn sein Laden an diesem Tag schon so durcheinandergerät.
Pa kommt zurück, geht zum Schreibtisch hinüber und kritzelt ein paar Zeilen auf einen Zettel. »Hier, schicke das gleich an Tom ab. Palumbo sagt, er wolle es wenigstens einmal mit ihm versuchen. Tom soll Donnerstagabend herüberkommen, dann gehe ich mit ihm einmal hin.«
Am Donnerstagabend gegen neun Uhr kommt Tom mit Pa nach Hause. Sie machen beide ein ganz fröhliches Gesicht. Ma hat ein kaltes Abendessen zurechtgemacht, damit der Kühlschrankinhalt vor dem Urlaub noch aufgebraucht wird, und wir setzen uns an den Tisch.
»Tom hat es jetzt geschafft, zumindest einmal für den Anfang«, sagt Pa. »Am Dienstag, gleich nach dem Labour Day, fängt er an. Palumbo kann ihn für alle möglichen Jobs und für Botengänge gebrauchen, besonders während der jüdischen Feiertage, und wenn er sich gut anläßt, will er ihn behalten.«
»Ich hätt' ja nie gedacht, daß ich noch mal Blumenbinder werde«, sagt Tom grinsend. »Aber vielleicht macht es Spaß; Handarbeiten liegen mir im allgemeinen ganz gut.«
Wenn ich daran denke, wie rasch er damals das Vorhängeschloß aufbekam, um Kater aus seinem Gefängnis zu befreien, so will ich das gern glauben.
Nach dem Essen steht er auf, und wir verabschieden ihn mit Reden wie »viel Glück«, »alles Gute« usw. Es sieht jetzt alles viel rosiger aus.
Am nächsten Morgen springe ich schon früh aus den Federn, helfe Ma, die Wohnung in Ordnung zu bringen und das Auto zu beladen, bevor Pa am Nachmittag

nach Hause kommt. Er hoffte, sich früher frei nehmen zu können, und ich laufe schon ein paar Stunden ruhelos auf und ab und schnalze mit den Fingern, als er endlich gegen sechs Uhr eintrudelt. Es ist wieder ein sehr heißer Tag.

Ich sage kein Wort von Kater. Ich hechte einfach auf den Rücksitz, setze ihn hinter einen Koffer und hoffe, daß er sich benimmt. Pa scheint ihn nicht zu bemerken; jedenfalls sagt er nichts.

Es ist unwahrscheinlich heiß, und der Verkehr ist sehr dicht, denn jeden zieht es aus der Stadt hinaus. Aber zumindest bewegen wir uns solange vorwärts, bis wir auf die Hutchinson-River-Stadtautobahn hinauskommen; hier muß irgendeinem Trottel das Benzin ausgegangen sein.

Alle drei Fahrspuren sind verstopft. Wir braten in der Sonne. Pa blickt um sich, als ob er geradezu nach etwas sucht, über das er sich aufregen könnte, und sieht, daß die hinteren Fenster geschlossen sind. Er brüllt: »Wenn ich es recht laut sage, können wir dann nicht wenigstens etwas frische Luft bekommen? Mach gefälligst diese Fenster auf!«

Ich mache sie auf und versuche, meine Hand auf Kater zu legen, aber wenn man ihn richtig festhalten will, wird er erst recht nervös. Im Augenblick sitzt er noch still da und macht ein angewidertes Gesicht.

Wir stecken schon etwa zehn Minuten lang fest, und Pa stellt den Motor ab. In der Stille kann man uns nun beinahe schwitzen hören. Vor uns werden Motoren angelassen – ein Hoffnungsschimmer. Ich strecke den Kopf aus dem Fenster, um nachzusehen, ob sich etwas tut. Da kitzelt mich etwas Haariges am Ohr, und es dauert eine Sekunde, bis es bei mir funkt.

Ich grapsche danach, aber zu spät. Da draußen auf der

Straße, zwischen den Fahrspuren, steht Kater und überlegt sich, in welche Richtung er laufen soll.
»Pa!« rufe ich. »Anhalten! Kater ist rausgesprungen!«
Und was tut mein Pa? Er lacht.
»Anhalten, mein Liebling!« spottet er. »Ich habe bereits eine halbe Stunde lang angehalten. Ich würde glatt ermordet, wenn ich jetzt stehenbleiben wollte. Außerdem habe ich keine Lust, an jedem Urlaubstag dieser Katze nachzujagen.«
Ich nehme mir nicht einmal Zeit zum Überlegen. Ich öffne einfach die Tür und springe hinaus. Das Auto bewegt sich nur ganz langsam vorwärts. Am Rande der Autobahn entdecke ich Kater auf dem Gras. Die Autos auf der nächsten Spur hupen wütend, aber ich schlüpfe einfach hindurch und schnappe Kater.
Ich höre Ma »Dave!« schreien.
Unser Auto ist jetzt etwa sechs Meter vor mir auf der Mittelspur, und Pa hat keine Möglichkeit mehr, abzubiegen. Die Autos fahren wieder schneller. Ich brülle Ma so laut ich kann zu: »Mach dir keine Sorgen! Ich gehe zurück und bleibe bei Kati!«
Ich höre Pa etwas rufen, aber ich kann es nicht verstehen. Bald ist das Auto nicht mehr zu sehen. Ich schaue auf Kater hinunter und sage: »Da fahren unsere Ferien!« Möglicherweise kann ich später mit dem Bus nach Connecticut nachkommen. Vorerst aber muß ich mit dem kleinen Problem fertig werden, in die Stadt zurückzugelangen. Ich stehe neben der Autobahn, auf der anderen Seite liegen Eisenbahnschienen, und bis zur U-Bahn ist es noch weit.
Mit einem Kater kann man nicht sonderlich gut spazierengehen, denn er will ständig abgesetzt werden. Drückt man ihn fester, so strengt er sich nur noch mehr an, freizukommen. Man muß ihn dauernd sanft um-

herjonglieren. Ich gehe also schwitzend vorwärts, die Sonne brennt im Gesicht, und die Leute in den Autos auf der Autobahn zeigen mich ihren Kindern als eine besondere Attraktion.

Auf einmal werden die Binsen und das Sumpfgras neben der Straße mehr als mannshoch. Eine herrliche Stelle zum Versteckspielen, denke ich noch; da höre ich beim nächsten Schritt flüsternde, leise miteinander tuschelnde Kinderstimmen.

Die Stimmen folgen mir, aber in dem dichten Gebüsch kann ich niemand erkennen. Da höre ich eine Stimme: »Guck mal, die Memme mit dem Kätzchen!« Eine andere antwortet: »Komm, wir tunken es in den Fluß!«

Ich versuche schneller zu gehen, aber wenn ich zu laufen beginne, jagen sie mir todsicher nach. Ich gehe also weiter, jongliere mit Kater und tue, als bemerke ich sie nicht. Vor mir taucht jetzt eine Zugbrücke auf, und ich hoffe fest, daß ein Polizist dort steht.

Die Bande durchbricht jetzt hinter mir das Gebüsch, und es hat keinen Sinn, weiter so zu tun, als ob ich sie nicht sehe. Ich blicke mich um. Ein gellender Schrei: »Ua-h-h-h«, wie von einer Horde wilder Indianer ertönt, aber sie sind noch etwa fünfzehn Meter hinter mir.

Ich fasse Kater an der einzig möglichen Stelle, nämlich um ein Vorderbein, und renne um mein Leben. Die Kinder stoßen einen weiteren Kriegsschrei aus. Zur Brücke geht es bergaufwärts. Kater setzt sein freies Vorderbein in Bewegung und kratzt mich an Brust und Arm. Dann faucht und beißt er, so daß ich ihn fast fallen lasse. Ich keuche so, daß ich kaum noch Luft bekomme.

Als ich mich der Brücke nähere, schlendert ein Polizist daher, und der Knüppel baumelt an seinem Gürtel.

Huh – bin ich froh! Ich lasse mich ins Gras fallen, lockere Katers Vorderbein und fange an, ihm beruhigend zuzureden. Die Bengel verdrücken sich in das hohe Sumpfgras, sobald sie den Polizisten erblicken. Ein Stein kommt in hohem Bogen zu mir heraufgeflogen, aber der Wurf war zu kurz. Von da an sehe ich nichts mehr von ihnen.

Als ich die Brücke überquere, zwinkert der Polyp mir zu. »Was machst du da, Junge? Du solltest hier nicht herumlaufen!«

»Ich verschwinde schon, ich gehe nach Hause«, erwidere ich, und er schlendert davon, seinen Knüppel herumwirbelnd.

Als ich endlich die U-Bahn erreiche, ist es dunkel, und es dauert noch eine gute weitere Stunde, bis ich in Manhattan bin und vor Katis Wohnung stehe. Zu meiner Verwunderung höre ich drinnen das Fernsehen laufen und gehe hinein. Aber niemand sieht fern. Ma und Pa sitzen mit Kati zusammen am Tisch.

Ma läßt ihren Tränen freien Lauf, die sie anscheinend schon seit zwei Stunden gewaltsam zurückgehalten hat, und Pa fängt zu poltern an: »Du Dummkopf! Es hätte dich dein Leben kosten können, auf der Autobahn hinauszuspringen!«

Kater fällt mit einem Bums auf den Boden. Ich gebe Ma einen Kuß, gehe dann zum Wasserhahn, trinke ein großes Glas Wasser und wische mir den Mund ab. Über die Schulter antworte ich Pa: »Jaja, aber wenn es Kater das Leben kostet, ist das nur ein toller Spaß, nicht wahr? Du würdest dich totlachen!«

Pa nimmt die Brille ab und kratzt sich damit am Kopf – das tut er immer, wenn er nachdenkt. Er blickt mich ernst an und sagt: »Es tut mir leid. Ich hätte nicht lachen dürfen.«

Dann – man höre und staune – nimmt er Kater auf den Schoß. »Komm her. Du gehörst zur Familie. Fahren wir alle zusammen in Urlaub!«
Endlich geht es los.

Rosch ha-Schanah auf dem Fultoner Fischmarkt

Am Montag nach dem Labour Day kamen wir in die Stadt zurück – wir und ein paar Millionen andere –, bei kriechendem Verkehr, einer Affenhitze und mit wegen Kater fast geschlossenen Fenstern. Ich schwitzte, Katzenhaare klebten an mir und kitzelten mich in der Nase. Alles in allem zeigte sich Pa ganz mild.
An dem See in Connecticut lernte ich einen Jungen kennen, der eine Sporttaucher-Ausrüstung besitzt. Ich durfte sie einmal benutzen, als Ma und Pa ausgegangen waren, um sich Sehenswürdigkeiten zu begucken. Es war einfach toll – Angeln ist dagegen überhaupt nichts! Ich erfuhr, daß der CVJM einen Sporttaucher-Lehrgang abhält, und ich werde jetzt anfangen, für die Flossen und die Maske und all dieses Zeug zu sparen. Pa wird es sicher nichts ausmachen, den Mitgliedsbeitrag für den CVJM zu zahlen, denn er wird der Ansicht sein, es fördere den Charakter.
In der Zwischenzeit überlege ich, ob ich wohl an einem Wochenende noch einmal nach Connecticut hinaus kann, solange das warme Wetter anhält. Ich stelle fest, daß Rosch ha-Schanah diesmal auf Montag und Dienstag fällt, und zwar gleich in der ersten Woche nach Schulbeginn. Große Klasse. Ich frage also diesen Jungen – Kenny Wright heißt er –, ob ich ihn da besu-

chen darf, damit ich noch ein bißchen das Tauchen üben kann.

»Rosch ha-Schanah? Was ist denn das?« fragt er.

Also erkläre ich es ihm. Rosch ha-Schanah ist das jüdische Neujahrsfest. Etwa die Hälfte meiner Mitschüler sind Juden, und sie bleiben dann immer zu Hause – ich übrigens auch. Letztes Jahr gab die Schulbehörde nach und erklärte den Tag zum offiziellen Schulfeiertag für alle, Juden und Nichtjuden. Dasselbe ist es in der Woche darauf mit Jom Kippur, dem jüdischen Versöhnungsfest.

Kenny pfeift. »Da habt ihr es aber gut. Ich glaube, wir haben vor dem Dankfest keinen Ferientag mehr.«

Ich dachte immer, die Kinder auf dem Lande seien besser dran, weil ihnen für Sport und Spiel Plätze im Freien zur Verfügung stehen, aber ich schätze, an Ferien sind wir ihnen überlegen – besonders im Herbst: drei jüdische Feiertage im September, Kolumbus-Tag im Oktober, Wahltag und Veteranentag im November und dann noch Dankfest.

Ich rechne mir aus, daß die Bahnfahrt nach Connecticut sich für zwei Tage eigentlich gar nicht lohnt; ich verabschiede mich daher für dieses Jahr von Kenny.

Zu Hause erwarten mich viele neue Pflichten, denn ich habe die Schule gewechselt: Ich gehe jetzt zur Charles-Evans-Hughes-Oberschule. Es ist ganz anders als in der Mittelschule, wo ich die meisten kannte; dort wanderte immer die ganze Klasse gemeinsam von einem Klassenzimmer zum anderen. Hier dagegen muß jeder sich seinen Stundenplan selbst zusammenstellen und in diesem riesigen Gebäudekomplex das richtige Klassenzimmer finden. Es sind mindestens eine Million Schüler hier – das heißt, genau sind es etwa zweitausend –, und die meisten habe ich noch nie gesehen. Aus den

Wohnsiedlungen Stuyvesant Town und Peter Cooper Village kommen kaum Kinder, weil diese Schule nicht in ihrem Bezirk liegt. Als ich jedoch eines Tages auf dem Heimweg die 5. Avenue überquere, sehe ich einen mir bekannten Jungen aus der Peter-Cooper-Siedlung. Er heißt Ben Alstein. Ich frage ihn, wieso er die Hughes-Schule besuche.

»Mein Vater wollte, daß ich in die Peter-Stuyvesant-Oberschule gehen sollte – du weißt doch, die Geniefabrik mit der Ausleseprüfung für Schüler aus der ganzen Stadt. Natürlich habe ich es nicht geschafft. Größter Reinfall des Jahres, das bin ich.«

»Verflixt, das habe ich nicht einmal probiert. Aber wie kommt es, daß du jetzt hier bist?«

»Man kann sich hier für eine besondere naturwissenschaftliche Richtung qualifizieren, indem man sich einem Mathetest unterzieht. Dann braucht man nicht unbedingt in dem Bezirk zu wohnen. Mein Vater meint, solange ich etwas Besonderes mache, gibt es noch Hoffnung für mich. Ich interessiere mich nicht für Naturwissenschaft, aber das stört ihn weiter nicht.«

Von nun an legen Ben und ich den Weg zur Schule gemeinsam zurück, und bald stellt sich heraus, daß wir auch drei Fächer zusammen haben: Biologie, Algebra und Englisch. Wir sind beide erleichtert, daß wir in der Menschenmenge nun wenigstens nach einem bekannten Gesicht Ausschau halten können. Mein alter Freund Nick – eigentlich ist er gar nicht mehr mein bester Freund – besucht nun eine katholische Oberschule in einem anderen Stadtteil.

An einem Freitag im September frage ich Ben auf dem Heimweg, was er am Montag und Dienstag, den beiden jüdischen Feiertagen, macht.

»Am Dienstag muß ich meinen Bar-Mizwa-Anzug anziehen, zur Synagoge gehen und meine Großmutter drüben in Brooklyn besuchen. Am Montag habe ich nichts Besonderes vor. Komm doch mit deinen Rollschuhen herüber, dann spielen wir Hockey.«

»Ich fahre auf meinem Hintern Rollschuhe«, sage ich, weil es auch wirklich so ist, und bei einem Hockey-Spiel wäre es erst recht so. Ich versuche, mir rasch etwas anderes einfallen zu lassen. Wir gehen gerade auf unser Haus zu, und auf der Treppe sitzt Kater; das bringt mich auf eine Idee, und ich sage: »Wir könnten einfach umherschlendern und dann den Fultoner Fischmarkt besuchen und ein paar Fischköpfe für meinen Kater besorgen.«

»Du bist ein komischer Kauz«, sagt Ben. Es klingt nicht so, als würde ihn das ärgern – er stellt es einfach als Tatsache fest. Er ist ein unkomplizierter Typ, und ich glaube, meistens läßt er gern andere die Pläne aushecken. Also zuckt er nur mit den Achseln und sagt: »O. K.«

Ich mache ihn mit Kater bekannt. Ben sieht ihm in die Augen, daraufhin blickt Kater weg und leckt sich den Rücken. Ben spöttelt: »Ich muß dir also für Rosch ha-Schanah frischen Fisch besorgen, was?«

Kater springt herunter und reibt sich von hinten nach vorne an Bens rechtem Bein und von vorn nach hinten an seinem linken Bein und legt sich dann mitten auf dem Bürgersteig nieder.

»Siehst du? Er mag dich«, sage ich. »Mit den meisten Jungen will er nichts zu tun haben, abgesehen von Tom.«

»Wer ist Tom?«

Ich erzähle Ben alles über Tom und den Keller und Toms spurlos verschwundenen Vater.

»Allerhand«, sagt Ben, »ich dachte, ich sei schon übel

dran, weil mein Alter mir praktisch dauernd vorschreibt, wie ich atmen soll; aber er verschwindet wenigstens nicht. Was macht Tom jetzt?«
»Er arbeitet in dem Blumenladen hier an der Ecke.«
Ben tastet rasch seine Hosentasche ab. »He, ich habe zwei Dollar dabei, die ich eigentlich für ein Lehrbuch ausgeben sollte. Komm, ich kaufe Mama einen Blumentopf für die Feiertage, dann kannst du mich mit Tom bekanntmachen.«
Wir gehen zum Blumenladen hinüber, und zuerst zieht Tom die Brauen hoch, weil er denkt, wir wollten hier bloß Unsinn machen. Ben sagt ihm, daß er eine Topfblume haben möchte, und nun läßt er es sich nicht nehmen, ihm sämtliche Topfpflanzen vorzuführen, angefangen von den teuren zu zehn Dollar, damit Herr Palumbo auch sieht, daß er sich Mühe gibt. Endlich entschließt Ben sich für einen ulkig aussehenden Kaktus, der bald blühen wird, wie Tom versichert.
Ben geht gleich nach Hause, und wir verabreden, daß ich ihn am Montag abhole. Ich warte draußen vor dem Laden, bis Tom zu einem Botengang herauskommt, und ich frage ihn, wie ihm der neue Job gefällt. Er sagt, daß er es noch nicht recht beurteilen könne, aber Palumbo sei wenigstens ein anständiger Boß, nicht so einer wie der Tankstellenbesitzer.
Am Montag schlafe ich lange und schlendere gegen elf Uhr in die Peter-Cooper-Siedlung hinüber. Auf den Spielplätzen laufen eine Menge Kinder herum. Auch ein paar Väter sind dabei, sie spielen Fußball und rufen einander »Ein frohes neues Jahr!« zu. Es klingt komisch, wenn man das an einem warmen Septembertag zu hören bekommt.
Als Ben und ich aus der Siedlung herauswandern, fragt Ben: »Wie kommt man denn in diese Fulton Street?«

Ich sehe einen Bus mit der Aufschrift »Avenue C« an der 23. Straße anhalten. Die Avenue C liegt ganz im Osten, ebenso die Fulton Street, also wird das schon hinhauen. Wir steigen ein. Der Bus schaukelt ein Stück unter dem East Side Drive dahin und fährt dann die Avenue C entlang, eine enge, belebte Straße. Zunächst kommen wir durch spanische und puertoricanische Viertel, und dann, weiter in der Innenstadt, durch vorwiegend jüdische. Eine Menge Leute sind auf der Straße, schütteln sich die Hände und klopfen sich gegenseitig auf die Schulter. Die Geschäfte sind geschlossen.

Jedesmal, wenn der Bus hält, ruft der Fahrer irgendwelchen Leuten auf dem Bürgersteig einen Gruß zu, und er scheint auch recht viele von den Fahrgästen zu kennen. Er fragt sie nach ihrer Arbeit, ihren Babys oder nach ihrer Tante, die im Bellevue-Krankenhaus liegt. Das ist in New York ziemlich ungewöhnlich, denn normalerweise benehmen sich die Busfahrer so, als haßten sie alle Menschen, ganz besonders aber ihre Fahrgäste. Plötzlich biegt der Bus von der Avenue C ab und fährt nach Westen.

Ben schaut aus dem Fenster und ruft: »He, das ist ja Houston Street. Ich war hier einmal in einem großen Feinkostgeschäft. Wir fahren jetzt aber nicht mehr in Richtung Stadtmitte.«

»Wahrscheinlich wenden wir bald wieder«, sage ich.

Aber das tun wir nicht, erst ganz drüben an der 6. Avenue. Inzwischen sind nun alle übrigen Fahrgäste ausgestiegen, und der Fahrer dreht sich nach uns um und fragt: »Wohin wollt ihr denn?«

Es ist komisch, wenn ein Busfahrer einen so etwas fragt, und ich frage zurück: »Wohin fährt dieser Bus?«

»Vom Bellevue-Krankenhaus bis hinunter zum Holland-Tunnel in der Hudson Street.«

»Auch das noch!« sagt Ben. »Am Ende landen wir noch in New Jersey.«
»Beruhige dich, so weit fahre ich nicht. Ich fahre nur wieder zum Bellevue-Krankenhaus hinauf.«
»Meinen Sie, wir sind weit vom Fultoner Fischmarkt entfernt?« frage ich.
Der Fahrer macht eine vage Handbewegung. »Gerade auf der anderen Seite der Insel.«
Ben und ich beschließen, an der Endstation auszusteigen und von dort zu Fuß zu gehen. Der Busfahrer sagt: »Wünsche einen angenehmen Spaziergang!«
»Ganz schöner Käse!« schimpft Ben.
»Wieso Käse? Wir wollen doch Fische haben«, sage ich, und wir marschieren los.
Ben entdeckt ein kleines italienisches Restaurant, das ein paar Stufen tiefer als die Straße liegt, und wir bleiben stehen, um uns die Speisekarte im Fenster anzusehen. Die Spezialität des Tages ist Lasagna, und Ben sagt: »Junge, das ist was für mich!«
Wir gehen hinein, und unterdessen befühle ich meinen Dollar in der Tasche und vertiefe mich in ein kurzes Kopfrechnen: Lasagna kostet einen Dollar, das fällt also weg, aber ich sehe, daß Spaghetti mit Fleischklößchen nur fünfundsiebzig Cent kosten; dabei würde also noch genügend für die Heimfahrt übrigbleiben.
Ein Kellner eilt herbei – er hat eine weiße Serviette wie eine Fahne am Arm hängen – und nimmt unsere Bestellung entgegen. Er kommt gleich mit einem leuchtend-sauberen, weißen Tischtuch und einem Körbchen voll frischem italienischem Brot und Brötchen zurück. Beim dritten Mal bringt er so viel gekühlte Butter, daß eine ganze Familie davon satt werden könnte, und fragt, ob wir den Kaffee gleich zum Essen wünschen oder lieber später. Später, sagen wir.

»Mann, das nenne ich Leben!« sagt Ben, als er sich über das Brot hermacht.
»Er behandelt uns genau wie richtige Leute.«
Bald erscheint der Kellner wieder und serviert uns Lasagna und Spaghetti; er tänzelt dabei um uns herum und fragt: »Sonst noch etwas gefällig, meine Herren? Vorsicht, die Teller sind heiß, sehr heiß! Guten Appetit also, ich bringe den Kaffee dann später.«
Er wirbelt davon, so daß die Serviette über seinem Arm wie im Wind wedelt, und umkreist einen anderen Tisch. Es ist ein kleiner Raum, und nur vier Tische sind besetzt, aber anscheinend schwelgt er gerne in dem Gefühl, er bediene königliche Hoheiten im Waldorf-Astoria. Als wir gerade mit dem Essen fertig sind, kommt er auch schon mit einer dampfenden Kaffeekanne und einem Kännchen mit echter Sahne.
Ich schütte die Sahne in den Kaffee, und sie schwimmt darauf. Da fällt mir plötzlich siedend heiß etwas ein: Wir müssen diesem Ober ein Trinkgeld geben.
Ich flüstere Ben zu: »Du, wieviel Geld hast du dabei?«
Er langt in die Tasche und angelt einen Dollar, ein Zehncentstück und einen Vierteldollar hervor. Wir machen uns ans Rechnen: Wenn wir für den Kaffee zehn Cent pro Kopf ansetzen, kommen wir auf eine Gesamtsumme von einem Dollar und fünfundneunzig Cent. Wir haben zusammen zwei Dollar und fünfunddreißig Cent. Wir können das Fahrgeld also immer noch herausschinden, wenn wir dem Kellner nur zehn Cent geben, was allerdings ein wenig schäbig ist.
In diesem Moment kommt er wieder und fragt, was wir zum Nachtisch wünschen.
»Oh, nichts, gar nichts«, antworte ich.
»Ich könnte beim besten Willen nichts mehr herunterbringen«, sagt Ben.

Der Ober bringt also die Rechnung und außerdem einen Teller mit hausgemachtem Kleingebäck. »Meine Frau machen. Auf dem Haus«, sagt er.
Wir bedanken uns beide, und ich sehe Ben an, und er sieht mich an. Ich lege meinen Dollar auf den Tisch, und er legt seinen Dollar und den Vierteldollar dazu.
»Dankeschön, meine Herren, vielen Dank. Beehren Sie uns wieder«, sagt der Ober.
Wir gehen auf die Straße hinaus, und Ben dreht das einsam zurückgebliebene Zehncentstück. Ich sage: »Bild oder Zahl?«
»Was? Bild.«
Das Bild bleibt obenauf liegen, also kann Ben sein Geld behalten. »Wir hätten noch das Fahrgeld für einen herausschinden können, aber das ist ja sinnlos«, sagt er.
»Völlig sinnlos. Besonders, wenn wir deines rausgeschunden hätten.«
»Wollen wir noch immer zur Fulton Street?«
»Klar. Wir müssen doch Fisch für Kater holen.«
»Den gibt es aber hoffentlich umsonst.«
Wir marschieren quer durch Manhattan in Richtung Stadtmitte. Ich schätze, wir kommen an dreißig oder vierzig Häuserblocks vorbei, aber nach einem guten Mittagessen erscheint es einem nicht mehr so weit.
Man riecht den Fischmarkt schon von weitem. Er zieht sich über ein halbes Dutzend Häuserblocks am East River entlang mit endlosen Barackenreihen, die für die verschiedenen Großhändler in einzelne Läden aufgeteilt sind. In den umliegenden kleinen Seitenstraßen gibt es viele Bars und Fischrestaurants. Es ist schade, daß wir Kater nicht dabei haben. Er hätte seine helle Freude an all den Fischköpfen und Eingeweiden und Abfällen, die auf der Straße herumliegen. Der Handel auf dem Fischmarkt spielt sich wohl hauptsächlich am

Vormittag ab, denn jetzt spritzen Männer die Straße mit Wasser ab und fegen die Fischabfälle zu Haufen zusammen. Ich bringe einen Mann dazu, mir eine Tüte zu geben, dann sammle ich ein paar von den besser – und sauberer! – aussehenden Resten ein. Ich finde einen hübschen roten Schnapperfischkopf und einen kleinen ganzen Fisch; sieht wie eine Makrele aus. Ben tut, als ob es ihm von den Fischabfällen übel würde, und sobald ich ein paar Reste zusammen habe, sagt er dauernd: »Los, komm, wir gehen!«

Als wir uns auf den Heimweg machen, merke ich, daß ich den Fischgeruch gar nicht mehr spüre. Man gewöhnt sich eben daran. Wir legen eine lange Strecke zurück, gehen auf dem East Broadway und überqueren den Grand- und Delancey-Broadway. Alle möglichen aufregenden Gerüche wehen einem hier entgegen: der von frisch gebackenem Brot, von sauren Gurken und von gekochtem Fisch. Es ist eine vorwiegend jüdische Gegend, und die vielen Festessensgerüche verraten eindeutig, daß heute ein Feiertag ist. Außerdem stehen eine Menge Leute in Sonntagskleidern vor ihren Häusern und schwatzen miteinander. Manche Männer tragen schwarze Käppchen, andere haben große, schwarze Filzhüte auf, manche haben auch lange, weiße Bärte. Wir kommen an einer großen Menschenmenge vorbei, die sich vor einem Kino versammelt hat.

»Sie gehen nicht ins Kino«, sagt Ben. »Sie mieten sich an Feiertagen manchmal ein Filmtheater für ihre Gottesdienste. Komm, ich muß mich beeilen!«

Wir traben an den nächsten zwanzig Häuserblocks vorbei, die 1. Avenue hinauf und in die Peter-Cooper-Siedlung.

»Tschüs«, sagt Ben. »Ich komme am Mittwoch auf dem Weg zur Schule vorbei.«

Er läuft davon, seine zehn Cent drehend, und zu spät fällt mir ein, daß wir uns dafür etwas Süßes hätten leisten können.

Der rote Wassermolch

Ben und ich haben in der Schule Biologie zusammen, und unsere erste Wochenendhausaufgabe gleich nach Rosch ha-Schanah besteht darin, ein in New York City beheimatetes Tier zu suchen und zu identifizieren und seine Familie, seine Gattung und seinen Lebenszyklus herauszubekommen.
»Was ist eine Gattung?« fragt Ben.
»Keine Ahnung. Was ist ein Lebenszyklus?«
Wir kratzen uns beide am Kopf, und Ben sagt: »Was für Tiere kennen wir denn?«
»Kater«, sage ich, »und Hunde und Tauben und Eichhörnchen.«
»Das ist langweilig; ich möchte ein Tier fangen, von dem außer mir niemand etwas weiß.«
»Wie wäre es mit einer Gottesanbeterin? Ich habe im Gramercy Park mal eine gesehen.«
Ben weiß nicht einmal, was das ist; ich erzähle ihm also von dieser einen, die ich gesehen habe. Für ein Insekt sieht sie fast wie eine Libelle aus – etwa sechs Zentimeter lang und grasgrün. Wenn sie fliegt, sieht sie wie ein Miniaturhubschrauber aus. Wir gehen in den Gramercy Park, um vielleicht nochmals eine zu finden, aber wir haben Pech.
Ben schlägt vor: »Gehen wir doch am Samstag in den Bronx-Zoo und suchen uns dort etwas.«
»Bei dir piept's wohl! Man will doch von uns nichts

über Löwen und Tiger wissen, die sind nicht hier beheimatet.«

»Bei dir piept's erst recht, sie haben doch auch noch andere Tiere, die von hier stammen. Außerdem gibt es dort eine Menge Wald und Teiche, da finde ich sicher etwas.«

Na schön, diese Samstagbeschäftigung ist so gut wie jede andere; ich stimme also zu. Angesichts der Tatsache, daß wir beide ziemlich pleite sind, nehmen wir das Mittagessen in meiner alten Frühstückstasche mit. Außerdem stecken wir sechs U-Bahn-Fahrkarten ein – zwei zusätzlich für Notfälle. Sogar ich wäre dagegen, vom Bronx-Zoo nach Hause zu tippeln.

Natürlich gibt es viele in New York beheimatete Tiere im Zoo – Waschbären, Waldmurmeltiere, Maulwürfe und eine Menge Vögel –, und es ist besser, wir machen uns lieber nicht allzuspät auf den Heimweg, damit uns noch Zeit bleibt, um die Gattungen und Lebenszyklen im Lexikon nachzuschlagen. Ben will immer noch unbedingt irgend etwas Seltenes und Wunderbares erwischen. Wie viele Stadtkinder, die wenig aufs Land hinauskommen, ist er ganz verrückt auf die Natur.

Wir machen uns auf den Weg zurück zur U-Bahn und gehen dabei durch den Wald, damit er noch Gelegenheit zum Jagen hat, und wandern an einem Teich entlang und stoßen Steine und morsche Baumstümpfe um, falls sich darunter noch etwas Interessantes verkrochen hat.

Es lohnt sich. Ganz plötzlich sehen wir, wie ein winziger roter Schwanz unter einem verfaulten Stamm verschwindet. Ich gebe dem Stamm noch einmal einen Stoß, und Ben greift zu. Es ist eine kleine Eidechse, nicht länger als fünf bis sechs Zentimeter und ganz leuchtend rot. Ben hält das Tierchen, das seinen Hals stoßweise auf- und abbewegt, mit beiden Händen umschlossen, aber es versucht eigentlich nicht, sich frei zu machen.

»Junge, das gefällt mir!« ruft Ben glückstrahlend. »Ich werde es mit nach Hause nehmen und als Haustier behalten und gleich einen Bericht darüber verfassen. Katzen und Hunde darf man in der Peter-Cooper-Siedlung nicht halten, aber von Eidechsen steht nichts in der Hausordnung.«

»Wie willst du sie denn nach Hause transportieren?«

»Hole die Brote heraus – ich meine, wir essen sie natürlich –, und dann steche ich ein Loch in den Deckel, damit Rothaut darin wohnen kann. Los, komm! Ich glaube, sie wird in meiner Hand müde.«

Ben ist meistens ein höchst friedlicher Bursche, aber immer, wenn er mit etwas Neuartigem in Berührung kommt, ist er sehr aufgeregt. Ich glaube, er hat bisher noch nie ein Tier gefangen, um es zu behalten. Manche Eltern sind in dieser Beziehung etwas eigenartig.

Ich stülpe die Schnitten aus, und er setzt die Eidechse hinein und sucht sich noch ein paar besonders schöne Blätter und morsche Holzstückchen aus, die er ebenfalls hineinlegt, damit sie sich auch zu Hause fühlen soll. Ohne mich auch nur zu fragen, zieht er sein Messer aus der Tasche und sticht Löcher in meine Frühstückstasche. Ich setze mich hin und wickle ein belegtes Brot aus, aber Ben tanzt immer noch um mich herum.

»Was es wohl für ein Tierchen ist? Vielleicht etwas sehr Seltenes! Wie kann ich das bloß herausbekommen? Meinst du, wir sollten zurückgehen und einen der Zooangestellten fragen?«

»Nöö«, sage ich kauend.

Ben hockt sich auf einen Baumstumpf, und der Baumstumpf rollt weg. Als er hintenüberpurzelt, sehe ich zwei weitere Eidechsen hervorhuschen. Ich schnappe eine. »He, guck mal! Ich habe noch eine! Diese ist größer und bräunlicher.«

Ben springt auf und tanzt schon wieder um mich herum. »Junge, Junge! Jetzt habe ich zwei! Jetzt werden sie aber glücklich sein! Vielleicht bekommen sie Babys, was?«

Er übersieht vollkommen, daß ich ja diese hier gefangen habe. Na ja, ich will sowieso keine Eidechse. Kater würde sie wahrscheinlich auffressen.

Ben nimmt sie mir weg und läßt sie in die Frühstückstasche gleiten. »Diese nenne ich Braunchen.«

Endlich beruhigt er sich so weit, daß er essen kann, zwischendurch muß er seinen Fang jedoch immer wieder beäugen. Sobald er mit Essen fertig ist, drängt er ungeduldig, nach Hause zu gehen, damit er ihnen dort eine Schachtel bauen kann. Er benimmt sich wirklich kindisch.

Wir steigen in die U-Bahn ein, die hier am Bronx-Zoo über der Erde verläuft. Nach einer Weile sehe ich das Yankee-Stadion auf der einen Seite, was mich etwas wundert, weil ich mich nicht erinnern kann, es auf dem Hinweg bemerkt zu haben. Bald taucht die Bahn unter die Erde, und jetzt erinnere ich mich. Auf der Hinfahrt mußten wir einmal umsteigen. Bens Augen kleben auf dem Deckel der Frühstückstasche, und er unterhält sich mit Rothaut. Es wird also nicht viel Sinn haben, ihn nach seiner Meinung zu fragen. Ich werde einfach abwarten, wo diese Bahn herauskommt, auf jeden Fall fährt sie in Richtung Stadtmitte. Wir kommen an einer sogenannten Lenox Avenue vorbei, die, glaube ich, in Harlem liegt, dann an der 96. Straße, und schließlich landen wir am Columbus Circle.

»He, Ben, wir sind in die West-Bahn geraten«, sage ich.

»Waas?« Er schaut gelangweilt aus dem Fenster.
»Wir können zur 14. Straße einfach quer durch die Stadt laufen.«
»Die Ausflüge mit dir enden regelmäßig in Fußmärschen. Wozu haben wir übrigens die beiden zusätzlichen Fahrkarten mitgenommen?«
»Ach was, es sind nur ein paar Straßen. Gehen wir doch zu Fuß!«
Ben knurrt, geht aber mit. Als wir zum Union Square kommen, stehen fürchterlich viele Menschen herum. Sie drängen sich sogar dicht an dicht auf dem Bürgersteig, so daß wir kaum noch vorwärts kommen. Ben schaut sie fragend an und sagt: »Du, was ist denn hier los?«
Ich frage einen Mann, und er antwortet: »Woher bist du denn, Söhnchen? Weißt du nicht, daß jetzt eine Parade für General Sparks stattfindet?«
Ich erinnere mich jetzt, davon gelesen zu haben, und gebe Ben einen Schubs. »Du, drängle dich durch, wir können Sparks vorbeifahren sehen!«
»Hör auf zu drängeln, und sei nicht so albern!«
»Dummkopf, er ist doch General. Testpilot, Kriegsheld und noch mehr. Los, vorwärts!«
»Hör auf zu drängeln! Ich muß doch auf meine Eidechsen aufpassen!«
Also gehe ich voran und bahne uns einen Weg durch die Menge bis zur Mitte des Häuserblocks, wo nicht mehr so viele Leute stehen und wir uns direkt hinter die Polizeiabsperrung stellen können. Berittene Polizisten patrouillieren hin und her, um die Straße frei zu halten. Von der Parade ist noch nichts zu sehen, aber die Leute werfen Papierrollen und Konfetti aus den Fenstern der oberen Stockwerke. Kleine Kinder drängen sich immer wieder unter der Absperrung durch

und versuchen, die Papierschlangen zu erhaschen, die auf den Boden fliegen. Ben schaut mit einem Auge auf die Straße, mit dem andern auf Rothaut und Braunchen. »Was meinst du, wie lange wird es noch dauern?« fragt er besorgt.

Hinter uns haben sich nun auch Leute aufgestellt, und wir könnten auf keinen Fall mehr zurück, auch nicht, wenn wir es wollten. Bald sehen wir ein Stück stadteinwärts einen ziemlich tief fliegenden Hubschrauber, und die Leute fangen alle an zu schreien: »Da sind sie! Sie kommen!«

Plötzlich braust eine Gruppe Polizisten auf Motorrädern vorbei und hinter ihnen ein Polyp, der sein Polizeiauto mit fünfzig Stundenkilometern rückwärts fährt – das sieht sehr komisch aus. Noch ehe ich meine Augen von dieser Kuriosität abwenden kann, fahren die offenen Wagen vorüber. Dieser Sparks sitzt auf der hinteren Rückenlehne des Wagens und winkt mit beiden Händen. Als ich ihn erblicke, ist er schon fast vorüber. Er sieht ganz gut aus. Alle schreien wie verrückt und werfen alle möglichen Papierfetzen in die Luft. Sobald die Autokolonne vorüber ist, drängen die Leute durch die Absperrung und rennen auf die Straße.

Ben krümmt sich zusammen, um seine kostbaren Tierchen zu beschützen, und schreit: »Komm! Machen wir, daß wir hier rauskommen!«

Wir gehen zuerst zu mir nach Hause, weil ich ziemlich sicher bin, daß ich irgendwo eine Holzschachtel herumliegen habe. Wir finden sie und nehmen sie mit in mein Zimmer, und Ben besorgt noch einmal frische Blätter und Gras für seine Eidechsen und legt sie hinein. Er ist überzeugt, daß sie viel frische Luft und Bewegungsfreiheit brauchen. Rothaut verkriecht sich

gleich in eine Ecke, während Braunchen neben einem Blatt sitzt und neugierig um sich schaut.
»Komm, wir suchen sie im Lexikon«, sage ich.
Die kleinste Eidechse, die in dem Lexikon aufgeführt ist, hat eine Länge von etwa fünfzehn Zentimetern; außerdem steht da, Eidechsen seien Reptilien, hätten Schuppen und Klauen und dürften nicht mit den Salamandern verwechselt werden, die Amphibien seien, eine dünne glitschige Haut hätten und keine Klauen besäßen. Also suchen wir unter Salamander.
Das stimmt auch. Gleich die erste Abbildung gleicht Rothaut aufs Haar, und da steht, es sei ein roter Kammolch. Der lateinische Name für diese Gattung ist Triturus viridescens, oder auf deutsch: ein ganz gewöhnlicher Wassermolch.
»Hör mal zu, ich lese dir etwas über den Lebenszyklus vor«, sagt Ben. »Er schlüpft im Wasser aus dem Ei aus und bleibt während seines ersten Sommers als mattgrüne Larve dort. Dann wird seine Haut leuchtend orange, die Kiemen verschwinden, er entwickelt Lungen und Beine und kriecht aus dem Wasser heraus, um für etwa drei Jahre im Walde zu leben. Wenn er ausgewachsen ist, wird sein Rücken wieder matt, und er kehrt zum Brüten ins Wasser zurück.«
Ben läßt das Buch sinken. »Dann wird Braunchen gleich brüten! Was sagst du nun? Wir müssen ihm irgendwie Wasser verschaffen!« Er eilt in mein Zimmer.
Wir kommen zur Tür und bleiben wie angewurzelt stehen. Kater sitzt lauernd neben der Schachtel.
Ich fasse zu, aber ein Junge ist nie so schnell wie eine Katze. Als Kater mich kommen hört, packt er den Salamander und haut damit ab; Braunchens Schwanz hängt ihm aus dem Maul, als er sich mit seiner Beute unter das Bett zurückzieht.

Ben kreischt: »Fang ihn! Bring ihn um! Er hat mein Braunchen!« Er ist halb wahnsinnig, aber ich kann ihn verstehen. Es trifft einen wirklich hart, wenn man zusehen muß, wie es einem Lieblingstier an den Kragen geht. Ich hole schnell einen Besen, um Kater damit hervorzuschubsen, aber es hat keinen Zweck. Inzwischen findet Ben Rothaut noch wohlbehalten in der Schachtel und steckt ihn wieder in die Frühstückstasche zurück.
Schließlich schieben wir das Bett weg, da sitzt Kater und schlägt mit der Pfote spielerisch nach Braunchen. Der Salamander ist tot. Ben greift nach dem Besen und schlägt nach Kater. Kater faucht und saust den Flur entlang. »Diese verfluchte Katze! Wozu hast du sie überhaupt?« schreit Ben.
Ich sage ihm, daß es mir leid tut, und hole eine kleine Schachtel, damit er Braunchen begraben kann. Man kann Kater keine allzugroßen Vorwürfe machen. Eine Katze ist eben so veranlagt, daß sie alles jagen muß, was kriecht und sich bewegt. Nach einer Weile beruhigt sich Ben etwas, und wir wenden uns wieder dem Lexikon zu, um über den roten Wassermolch den Rest nachzulesen.
»Ich glaube kaum, daß Braunchen schon so weit war, daß sie Eier legen wollte; dann wäre sie sicher bereits im Teich gewesen«, sage ich. »Ich schlage vor, wir gehen ein andermal mit einem Gefäß wieder in den Zoo und holen uns direkt aus dem Wasser einen Molch.«
Das stimmt Ben wieder froh. Er macht die letzten Notizen für seinen Bericht und malt seine Skizze zu Ende, dann geht er mit Rothaut in meiner Frühstückstasche nach Hause. Ich ziehe den Band mit dem Buchstaben K heraus.
Katze. Familie: Felidae, zu der auch Löwen und Tiger gehören. Gattung: Felis domesticus. Ich mache mir

Notizen: »Das erste zivilisierte Volk, das sich Katzen hielt, waren die Ägypter im dreizehnten Jahrhundert vor Christus ... Fünfzig Millionen Jahre früher durchstreifte der Vorfahr der Katzenfamilie die Erde, und er ist auch der Vorfahr aller heutigen Raubtiere. Die Oligozän-Katze vor dreißig Millionen Jahren war schon hoch entwickelt, und die Lebensgewohnheiten und körperlichen Eigenschaften der Katze haben sich seither nicht mehr geändert. Das erklärt vielleicht auch, warum die Hauskatze noch heute das unabhängigste Haustier ist und sich viele Instinkte ihrer wilden Vorfahren bewahrt hat.«
Ich rufe Ben an und lese ihm das vor. Er sagt: »Du mit deinem lausigen Raubtier! Mein Salamander ist eine Amphibie, und Amphibien sind die Vorfahren aller Lebewesen auf der Erde, sogar deine und deiner Katze, ihr Krötensöhne!«

Das linke Ufer von Coney Island

Am Kolumbus-Tag ist es so kalt wie zu Weihnachten. Ich höre am Vorabend noch den Wetterbericht, um festzustellen, wie die Aussichten für den Strand sind. »Starke Winde, für die Jahreszeit ungewöhnlich niedrige Temperaturen«, sagt der Kerl. Der hat gut reden.
Am nächsten Morgen stehe ich trotz allem um halb neun Uhr auf, weil ich im stillen hoffe, er habe sich geirrt und es sei ein herrlicher, sonniger Tag. Ich schlüpfe in meine Hosen, streife das Hemd über und gehe mit Kater hinunter, um mir den Himmel anzusehen. Kater saust hinaus und ist schon halbwegs die Freitreppe hinunter, als ein kalter Windstoß ihm ent-

gegenfegt. Sein Schwanz stellt sich steil auf, er huscht schleunigst wieder ins Haus und sucht hinter meinen Beinen Schutz. Ich schließe die Tür und sperre den eisigen Wind hinaus.

Ma sitzt in der Küche und trinkt ihren Tee. Als ich hereinkomme, sagt sie: »Du meine Güte, warum bist du denn an einem Feiertag schon so früh auf? Ist dir nicht wohl?«

»Doch, mir geht es prima.« Ich schenke mir eine Tasse Kaffee ein, um mir daran die Hände zu wärmen, und schütte drei oder vier Löffel Zucker hinein.

»Dave, hast du dich erkältet? Du siehst mir gar nicht so ganz gesund aus!«

»Ma, ich fühle mich sauwohl. Es ist nur kalt draußen!«

»Na, du brauchst ja heute nicht rauszugehen. Leg dich doch einfach noch mal ins Bett und döse noch ein bißchen oder lies, und ich bringe dir dann das Frühstück.«

Ich sehe, ich muß jetzt mit der Sprache heraus. Während ich also die Cornflakes und einen Teller herunterhole, erkläre ich: »Nun, um es gleich zu sagen, ich werde heute nach Coney Island hinausfahren.«

»Nach Coney Island?« Ma tut, als hätte ich Sibirien gesagt. »Was in aller Welt willst du denn dort, mitten im Winter?«

»Ma, es ist doch erst Kolumbus-Tag. Wir dachten, wir könnten ins Aquarium gehen und dann – na ja – ein bißchen herumbummeln. Ein paar Buden sind noch geöffnet, da holen wir uns heiße Würstchen und so was.«

»Wer geht mit? Nick?«

»Nick wußte es noch nicht genau – ich schaue unterwegs bei ihm vorbei.« Am besten lenke ich gleich von diesem Wer-geht-mit-Thema ab, und ich halte also einen langen Vortrag darüber, daß wir in Biologie gerade die Meeresbewohner durchnehmen und uns im

Aquarium dafür Notizen machen müssen. Ma schluckt das ganz gut, aber in diesem Moment kommt Pa in die Küche und schaut mich verdächtig an.
»Das ist aber das erste Mal, daß du einen Feiertag für Hausaufgaben verwendest. Ich wette, sie haben da draußen einen neuen Twistschuppen aufgemacht.«
Ich stelle laut meine Kaffeetasse auf den Tisch. »Verflixt noch mal! Kann ich denn nie an einem Feiertag aus dem Haus kommen, ohne wie eine Zitrone ausgequetscht zu werden? Was bin ich denn? Ein Idiot? Oder ein Sträfling?«
»Nur ein heranwachsender Junge«, sagt Pa. »Und sprich nicht so unverschämt zu deiner Mutter.«
»Ich spreche mit dir!«
Pa atmet tief ein, um gleich loszubellen, aber Ma kommt ihm zuvor, indem sie zu keuchen beginnt – sie bringt das fertig, ohne dabei Atem zu holen.
Pa tätschelt ihre Schulter und sieht mich verächtlich an. »Schon gut, Agnes. Ich bin nicht böse. Ich wollte ihn nur ein bißchen auf die Schippe nehmen, aber er gerät ja gleich aus dem Häuschen.«
Ich gerate aus dem Häuschen! Hat man da noch Töne? Ich gebe Ma einen Kuß. »Sei unbesorgt, Ma, ich fahre nicht mit der Berg-und-Tal-Bahn. Sie ist sowieso nicht mehr in Betrieb.«
Ich schnappe einen Pullover und Handschuhe und Geld und mache, daß ich rauskomme, bevor ihnen noch mehr Fragen einfallen. In der U-Bahn bin ich gar nicht so sicher, daß Mary da sein wird. Es sind nun fast zwei Monate vergangen, seitdem wir diese ein bißchen verrückte Verabredung getroffen haben, und das Wetter ist auch nicht gerade ermutigend.
Es gehört zu Coney Island dazu, daß es dort lebhaft und lärmend zugeht. Alle Reklametafeln schreien

einem entgegen, als müßten sie unbedingt beachtet werden. Wenn der Strand leer ist, sieht es aus, als sei das Ganze eine Mißgeburt oder ein Versehen.

Heute ist er wahrhaftig leer und verlassen. Auf dem Weg von der U-Bahn zum Aquarium begegne ich praktisch keiner Menschenseele. Aber es ist nicht still. Ein paar Buden sind geöffnet – Karussells und Würstchenstände –, und blecherne Musikfetzen tönen aus ihnen hervor, aber den meisten Lärm macht der Wind. Sämtliche Seezeichen schaukeln und kreischen. Mülleimer kippen um, und die Deckel rollen holpernd und polternd die Straße entlang. Selbst der Wind pfeift.

Ich lasse mich vom Wind treiben und schlendere die leere Straße entlang. Mein Pullover ist durchlässig wie ein Sieb. Ich frage mich, ob es nicht verrückt von mir war, daß ich überhaupt gekommen bin; kein Mädchen würde sich an einem solchen Tag zu einem Strandspaziergang hinauswagen. Es muß fast ein Hurrikan sein.

Sie ist aber tatsächlich da. Als ich um die Ecke biege und auf den Strand zugehe, erblicke ich eine einsame Gestalt. Sie hat dem Meer den Rücken zugewandt, und ihr Halstuch und ihre Haare wehen mir entgegen. Das Gesicht kann ich noch nicht erkennen, aber es ist zweifellos Mary. Außer ihr sieht man weit und breit keine Menschenseele. Ich winke, und sie hebt und senkt als Zeichen der Begrüßung die Schultern, weil sie die Hände nicht aus den Manteltaschen nehmen will.

Ich gehe zu ihr auf die Strandpromenade hinauf und stelle mich ebenfalls mit dem Rücken gegen das Meer. Ich würde gern noch lange hinausschauen – es ist ganz schwarz-weiß gefärbt und stürmisch –, aber der Wind bläst einem den Atem ins Gesicht zurück. Ich friere.

»Ich hatte schon Angst, du würdest an einem solchen Tag gar nicht kommen«, sage ich.

»Ich auch. Ich befürchtete, du würdest nicht kommen.«
»Ma und Pa glaubten, ich sei übergeschnappt. Ich habe fast eine Stunde lang mit ihnen herumgestritten. Was hat denn deine Mutter gesagt?«
»Nichts. Sie denkt, ich mache einen einsamen Strandspaziergang, lasse den Wind in meinen Haaren spielen und sinne poetischen Gedanken nach.«
»Was? Wozu denn das?«
Mary zuckt mit den Achseln. »Ma ist nun mal so, du wirst sie ja kennenlernen. Komm, wir gehen zu mir heim, machen uns Kakao und wärmen uns auf, dann können wir uns immer noch überlegen, was wir unternehmen wollen. Schließlich können wir nicht die ganze Zeit hier stehenbleiben.«
Da hat sie recht, und ich widerspreche ihr nicht. Ihr Haus liegt nur ein paar Straßen weiter, ein Zweifamilienhaus mit einem zu einer Kellergarage führenden Zufahrtsweg. Klasse! Mein Pa geht fast immer in die Luft, ehe er endlich einen Parkplatz findet.
Mary geht hinein und ruft: »Hallo, Nina! Ich habe einen Freund mitgebracht. Wir machen uns Kakao, wir sind schon halb erfroren.«
Ich frage mich, wer Nina wohl ist. Ich höre ihre Mutter nicht in die Küche kommen. Dann drehe ich mich um, und da steht sie. Einfach toll! Wir haben ein paar hübsche Beat-Girls in der Klasse, aber heute sehe ich zum erstenmal eine Beatnik-Mutter!
Sie trägt ein schwarzes Sporthemd, Blue Jeans und alte Segeltuchschuhe. Ihr Haar ist zu einem langen Zopf geflochten mit einer unregelmäßigen Ponyfrisur über der Stirn.
Mary deutet mit einem Topf nebenbei auf uns beide und sagt: »Nina – Dave – das ist meine Mutter.«
Nina ist also ihre Mutter. Ich strecke die Hand aus.

»Äh – sehr erfreut.«

»Hallooo.« Ihre Stimme ist tief und melodisch. »Ich glaube, auf dem Herd steht noch Kaffee.«

»Ich dachte, ich könnte zur Abwechslung mal Kakao kochen«, sagt Mary.

»Auch gut.« Nina steckt sich eine Zigarette in den Mund und bietet mir ebenfalls eine an.

»Nein, danke.«

»Sagen Sie . . .« Sie spricht wieder mit dieser tiefen, eindringlichen Stimme. »Gehen Sie mit Mary zur Schule?«

Ich erzähle ihr also, daß ich in Manhattan wohne und daß ich Mary am Strand kennenlernte, als ich Kater dabei hatte. Der letzte Umstand gibt dem Ganzen einen respektvollen Anstrich, und es sieht nicht so aus wie eine Straßenbekanntschaft. Aber sie scheint sich nicht besonders für Kater und den Strand zu interessieren.

»Was lesen Sie? In Ihrer Schule?« fragt sie, jede einzelne Frage wie ein Torpedo auf mich abschießend.

Ich erinnere mich, daß Mary mir etwas von ihrer Mutter und Poesie erzählt hat, also sage ich: »Tja – äh – letzte Woche lasen wir ›The Highwayman‹ und ›The Wreck of the Hesperus‹. Sie handeln von – ich meine, wir lasen einige Metaphern und Fabeln. Wenn ich heute auf das Meer hinausblicke, wird mir wirklich klar, was Longfellow meint, wenn er sagt . . .«

Ich fand mich gar nicht schlecht, aber wieder schneidet sie mir das Wort ab.

»Lesen Sie denn keine richtige Poesie? Donne? Auden? Baudelaire?«

Wieder drei Torpedos. »Die haben wir noch nicht durchgenommen.«

Nina pustet eine mächtige, wütende Rauchwolke aus und explodiert: »Diese Schulen!«

Dann segelt sie aus der Küche.
Ich schätze, ich mache ein etwas verdutztes Gesicht. Mary lacht und schiebt mir einen Becher Kakao und einen Teller Zimt-Toast vor die Nase. »Mach dir nichts draus! Meine Mutter kann sich einfach nicht an die New Yorker Schulen gewöhnen. Auch nicht an Coney Island – an kaum etwas hier.
Sie ist am linken Seineufer in Paris aufgewachsen. Ihr Vater war Künstler und ihre Mutter Schriftstellerin, und sie brachten ihr zu Hause das Lesen bei; wahrscheinlich begannen sie mit Chaucer, denn sie hat noch nie in ihrem Leben ein Jugendbuch gelesen.
Alles, was ich ihr von der Schule erzähle, findet sie entweder kindisch oder dumm. Für Naturwissenschaft kann ich mich wirklich begeistern – physikalische Experimente und all diese Dinge, aber dafür hat sie kein Verständnis.«
»Unsere Physiklehrerin ist eine Idiotin«, sage ich, denn das stimmt auch. »Deshalb habe ich mich nie richtig für das Fach begeistern können. Aber heute habe ich Ma und Pa erzählt, ich würde ins Aquarium gehen, um dort etwas zu lernen, damit sie nicht so einen Wirbel veranstalten.«
Mary schüttelt den Kopf. »Wir sollten unsere Mütter zusammenbringen. Meine hält es für pure Zeitverschwendung, wenn ich ins Aquarium gehe. Ich tue es aber trotzdem oft, ich mag das Walroß so gern.«
»Was macht denn dein Pa?«
»Mein Vater? Der lehrt im Brooklyn-College Philosophie. Ich kriege es also von beiden Seiten: Nichts als denken, denken und noch mal denken. Vater und Nina wollen nicht einmal etwas vom Essen wissen. Ab und zu bringt Nina mal einen ganzen Tag damit zu, irgendeine großartige Fischsuppe oder ein Huhn in

Wein zu kochen, aber sonst bin ich die einzige, die sich hin und wieder vom Denken losreißt, um eine Frikadelle zu fabrizieren. Sie leben von Brötchen, Kaffee und Sardinen.«

Mary stellt unsere Tassen ins Spülbecken und öffnet dann einen niedrigen Schrank. Statt Töpfe und Pfannen liegen dort Stapel von Schallplatten. Sie zieht die ›West Side Story‹ heraus, und nun entdecke ich auf einem kleinen Seitentisch einen Plattenspieler. Das verschlägt mir fast die Sprache. – Ein Plattenspieler in der Küche! Dieser Lebensstil vom linken Seineufer hat unbedingt seine Vorteile.

»Ich sitze hier und esse und lasse Platten laufen, während ich meine Hausaufgaben mache«, erklärt Mary.

Ich frage sie, ob sie einen Belafonte hat, und sie antwortet: »Ja, mehrere«, aber sie legt etwas anderes auf. Es ist langsam, aber irgendwie gewaltig, und wenn man die Musik hört, fühlt man sich selbst gewaltig und stark.

»Was ist das?« frage ich.

»Es heißt ›Die Moldau‹ – das ist ein Fluß in Europa. Der Komponist ist ein Tscheche namens Smetana.«

Ich wandere in der Küche umher und schaue aus dem Fenster. Der Wind heult zwar noch immer, aber nicht mehr ganz so wild. Da fällt mir wieder der Ozean ein, wie er so grau und mächtig mit Schaumkronen dalag. Ich hätte Lust hinauszufahren.

»Weißt du, was mir Spaß machen würde?« sage ich laut. »Heute mit einem Schiff zu fahren – falls man dabei nicht untergeht.«

»Wir könnten mit der Staten-Island-Fähre fahren«, sagt Mary.

»Was?« Ich hatte gar nicht daran gedacht, daß es wirklich ein Schiff geben könnte, das dafür in Frage käme.

»Wirklich? Wo kann man da einsteigen?«
»Unten an der 69. Straße und der 4. Avenue. Es ist ziemlich weit, ich bin bisher immer mit dem Auto hingefahren. Aber vielleicht schaffen wir es auch mit Fahrrädern, falls wir nicht erfrieren.«
»Wir erfrieren schon nicht. Aber wo sollen wir die Räder herkriegen?«
»Du kannst das von meinem Bruder haben, der ist auswärts auf dem College. Vielleicht finde ich auch noch eine Windjacke von ihm.«
Sie findet alles. Wir machen uns fertig und gehen ins Wohnzimmer, wo Nina lesend im Sessel sitzt und ein Glas Wein trinkt.
»Wir fahren mit den Rädern bis zur Fähre und lassen uns dann nach Staten Island übersetzen«, sagt Mary. Sie fragt nicht einmal um Erlaubnis.
»Oh.« Es ist ein tiefer Ton, ein wenig fragend.
»Wir dachten, es könnte eine aufregende Sache werden, weil doch der Wind so stark bläst«, erklärt Mary, und ich denke, oh, das wird alles verderben. Meine Mutter würde Zustände kriegen, wenn ich sagte, ich würde in einem Sturm mit der Fähre hinausfahren.
Aber Nina antwortet nur: »Aha« und wendet sich wieder ihrem Buch zu. Ich verabschiede mich, und sie blickt noch einmal auf und lächelt; das ist alles.
Noch etwas berührt mich seltsam: Nina scheint absolut nicht darauf zu achten, wen Mary mit nach Hause bringt. Dabei schnüffeln doch die meisten Mütter immer neugierig herum, wenn ihre Töchter einen Jungen anschleppen. Ohne zu überlegen, sage ich daher:
»Bringst du sehr oft Jungen mit heim?«
Mary lacht. »Nicht oft. Manchmal kommt einer aus meiner Klasse mit, wenn wir für eine Physikarbeit pauken müssen.«

Ich lache auch. Aber insgeheim versuche ich mir vorzustellen, was Pa wohl für ein Gesicht machen würde, wenn ich mit einem Mädchen ankäme und sagte, wir wollten uns auf eine Klassenarbeit vorbereiten!

Auf der Fähre

Als wir quer durch Brooklyn fahren, pfeift uns der Wind um die Ohren und genau ins Gesicht. Aber die Sonne bricht allmählich durch, und auf der ebenen Strecke macht das Radfahren richtig Spaß.

Dieser Teil von Brooklyn besteht hauptsächlich aus kleinen Reihenhäusern oder niedrigen Mietshäusern mit kleinen Rasenflächen davor. An den Straßenrändern stehen zahlreiche Bäume. Die Stadt hat hier ein ganz anderes Gesicht als in Manhattan, aber es ist noch nicht ländlich. Es ist eben einfach Brooklyn.

Plötzlich radeln wir um einen Golfplatz herum. Kaum zu glauben – mitten in New York City!

»Schon mal Golf gespielt?« Der Wind reißt mir die Worte aus dem Mund und trägt sie nach hinten zu Mary. Ich sehe, wie sich ihre Lippen zu einem Nein formen, aber kein Ton dringt zu mir nach vorn. Ich bremse etwas, bis sie neben mir fährt, und sage: »Ich werde es dir mal zeigen. Mein Pa hat einen Satz Schläger, die ich schon ein paarmal benutzt habe.«

»Wahrscheinlich ist es am besten, wenn ich die Schläger trage und du spielst. Ich kann aber Tennis spielen.«

Wir lassen den Golfplatz hinter uns und münden in eine Art Hauptstraße ein – jedenfalls ist der Verkehr hier ganz schön dicht, und es gibt eine Menge Bankgebäude und Warenhäuser.

Mary radelt in dem dichten Verkehr voraus. Wir fahren noch ein paar Kurven und Schleifen, dann geht es unter der Stadtautobahn hindurch, und wir stehen schon vor der Fähre.
Ich hoffe nur, daß die Fähre nicht allzu teuer ist, damit mir noch reichlich Geld für ein gutes Mittagessen übrigbleibt. Aber während ich noch träume, hat Mary schon ihr Rad hinaufgeschoben und ihre Überfahrt selbst bezahlt. Ich glaube, das ist eine der Seiten, die mir an ihr gefallen. Sie ist unabhängig. Trotzdem werde ich aber das Essen spendieren.
Die Fähre ist einfach toll. Ich werde jetzt an jedem stürmischen Tag Fähre fahren. Das Schiff schlingert überhaupt nicht, aber wir stehen vorn am Bug, und der Wind sprüht uns ganze Gischtwolken ins Gesicht. Man kann sich einbilden, man sei auf einem voll aufgetakelten Schoner, der vor einem Hurrikan dahinjagt. Schaut man aber auf das bewegte graue Wasser hinab, dann weiß man, daß man verloren wäre, wenn man von Bord gerissen würde. Und dabei fährt man nur auf einem alten Fährschiff im Hafen von New York.
Die Schiffahrt ist im Nu zu Ende; es sind auch nur etwa fünfzehn Minuten. Wir gehen in Staten Island von Bord und überlegen, was wir tun sollen. Ich für meine Person weiß, was ich jetzt gern möchte.
»Was ißt du lieber, Wiener Würstchen oder belegte Brötchen?« frage ich Mary.
»Beides. Ich meine, beides gleich gerne«, sagt sie.
Als erstes entdecken wir ein Feinkostgeschäft, und dort esse ich sowieso immer am liebsten. Ich bestelle einen heißen ›Pastrami‹, und Mary sagt, sie habe das noch nie gegessen, will es aber trotzdem probieren.
»Was könnten wir auf Staten Island denn unternehmen?« frage ich. »Ich war noch nie hier.«

»Ich war bisher eigentlich bloß im Zoo, aber da war ich schon sehr oft. Die Tierärztin hat mich einmal zusehen lassen, wie sie eine Schlange operierte.«
Es überrascht mich ein wenig, daß ein Mädchen so etwas während des Essens von heißem Pastrami erzählt. Der Pastrami ist große Klasse, sie haben das Rindfleisch mit vielen Oliven und Zwiebeln und Gewürzen auf ein Brötchen gelegt. Mary schmeckt es auch.
»Ist dort eine Frau Tierarzt? Und hast du keine Angst vor Schlangen?«
»Hmm – eigentlich nicht richtig. Wenn man aber bei einer Operation zuschaut, fesselt einen das so, daß man gar nicht mehr darüber nachdenkt, ob es ekelhaft ist oder ob man Angst hat. Ja, es gibt dort eine Tierärztin. Sie ist schon ziemlich lange im Zoo.«
Ich verdaue das zusammen mit meinem restlichen Brötchen. Dann essen wir beide noch ein Stück Apfelkuchen. Ich erkenne schon an dem leckeren braunen und ein wenig ungleichmäßigen Teigrand, daß man sich hier aufs Backen versteht.
»Sollen wir dann zum Zoo radeln?« fragt Mary.
»O. K.« Ich stehe auf, um unsere Mäntel zu holen. Als ich mich umdrehe, steht sie schon an der Kasse und will ihre Rechnung bezahlen.
»Halt, ich habe das Essen bestellt!« sage ich und dampfe mit der zweiten Rechnung heran.
»Oh, es ist schon in Ordnung.« Sie lächelt. »Ich habe es ja bekommen.«
Es ist mir gleich, ob sie es bekommen hat; ich will es bezahlen. Wahrscheinlich ist es albern, sich über so etwas aufzuregen, aber irgendwie ärgert es mich doch. Wie soll man es denn anstellen, etwas für ein Mädchen zu tun, wenn es nicht einmal weiß, daß man das wollte?

Der Mann, der uns bedient hat, zeigt uns den Weg zum Zoo. Es ist nicht weit.
Der Zoo besteht hier nur aus einem ausgedehnten, niedrigen Backsteingebäude, das in einem wunderschönen Park liegt. In der Vorhalle stehen mehrere große Aquarien. Auf einer Seite befindet sich eine Halle für Vögel, auf der anderen eine für Raubtiere und geradeaus die für Schlangen.
Wir gehen zu den Schlangen. Mary scheint sie wirklich gern zu haben.
»Die Tierärztin liebt sie«, erklärt sie, »und wahrscheinlich hat sie mich damit angesteckt. Wußtest du, daß man sich bis heute noch nicht genau erklären kann, wie eine Schlange sich vorwärtsbewegt? Mechanisch, meine ich. Sie versucht das herauszufinden.«
Wir schauen uns alle an, kleine und große, und dann gehen wir, um die Vögel zu beobachten. Der Wärter füttert sie gerade. Der Papagei schreit ihn an, und der Pelikan und die Adler verschlingen den Fisch und das rohe Fleisch gierig, aber der Geier sitzt nur da und macht ein gelangweiltes Gesicht. Wahrscheinlich fehlen ihm zur Appetitanregung eine Wüste und ein sterbender Legionär.
Ganz hinten im Raubtierflügel steht eine komisch aussehende alte Dame und redet auf einen schläfrigen Tiger ein: »Na komm, Liebling, brülle doch ein bißchen. Willst du nicht heute mal ganz hübsch leise für mich brüllen?« Der Tiger blinzelt und schaut in eine andere Richtung.
Die Dame bemerkt uns jetzt und sagt: »Er ist mein Baby. Ich besuche ihn schon seit vierzehn Jahren. Manchmal brüllt er herrlich für mich.«
Sie unterhält sich kurz mit dem Löwen, dann geht sie mit uns weiter zu den kleinen Raubkatzen, einem

Puma und einem Jaguar. Sie wirft einen Blick in den nächsten Käfig, der leer ist, und schüttelt traurig den Kopf.
»Ich hatte so einen süßen, kleinen Leopard!« sagt sie. »Er starb letzte Woche. Stellen Sie sich vor, der Zoo hat mich nicht einmal von seiner Krankheit unterrichtet. Ich hätte doch kommen und ihn pflegen helfen können. Ich hätte ihm vielleicht das Leben gerettet.«
Sie redet so weiter, manchmal mit sich selbst, dann wieder mit dem Puma, und wir gehen zu zwei Ottern hinüber, die in einem Unterwasser-Tunnel hintereinanderherjagen.
»Was ist denn das für eine?« fragt Mary. »Sie denkt wohl, das hier sei ihr Privatzoo?«
Ich zucke mit den Achseln. »Wahrscheinlich hat sie nicht mehr alle... Aber meine Tante Kati ist genauso – du weißt doch, die, die mir Kater geschenkt hat. Sie mögen Katzen eben lieber als Menschen. Kati glaubt, alle streunenden Katzen auf der Welt seien ihre Kinder, und ich schätze, diese hier hat bei den großen Katzen im Zoo dasselbe Gefühl.«
Wir schlendern noch eine Weile umher und fahren dann zur Fähre zurück. Diesmal sorge ich dafür, daß ich bestimmt der erste bin, und kaufe zwei Karten am Fahrkartenschalter.
»Darf ich Sie zu einer Hafenfahrt in meine Jacht einladen?« frage ich.
»Aber natürlich, es ist mir ein Vergnügen«, antwortet Mary.
Eine Kleinigkeit, aber sie macht mich froh.

Drüben in Brooklyn sehe ich auf einer großen Uhr an einem Bankgebäude, daß es schon fünf Uhr ist. Nach kurzer Überlegung sage ich: »Oh, ich telefoniere wohl besser. Bis zum Abendessen schaffe ich es nie nach Hause.«

Ich rufe an, und Pa meldet sich. Er ist heute früher von der Arbeit heimgekommen. Mein Glück!

»Ich muß dieses Rad noch diesem Bruder auf Coney zurückbringen«, erzähle ich ihm. »Dann komme ich gleich heim – so gegen sieben.«

»Was meinst du mit diesem Rad und diesem Bruder? Ich dachte, du wärest bereits auf Coney Island.«

Es scheint wohl in der Natur der Rechtsanwälte zu liegen, daß sie ständig Fragen stellen müssen. Ich fange also an zu erklären: »Nun, es war schrecklich kalt auf Coney, und da dachten wir, wir könnten mit der Fähre nach Staten Island rüberfahren und in den Zoo gehen. Jetzt sind wir gerade wieder nach Brooklyn zurückgekommen, und ich bin mitten in der Stadt und muß das Fahrrad noch zurückbringen.«

»Wer ist denn wir? Hast du eine Ratte in der Tasche?«

Ich kann Ma vielleicht ablenken, aber nicht Pa. »Nun, es ist ein Mädchen namens Mary, und das Fahrrad gehört ihrem Bruder, der auf dem College studiert.«

Das einzige, was ich von Pa am anderen Ende der Leitung höre, ist ein fürchterliches Gelächter.

»Was ist denn dabei so ulkig?«

»Nichts«, sagt er. »Nichts. Nur verstehe ich jetzt auch, warum du am Frühstückstisch so nervös warst.«

»Oh.«

»Na schön. Nun sieh zu, daß du das Mädchen so gut wie das Rad des im College studierenden Bruders sicher nach Hause bringst. Hörst du? Ich werde deiner Mutter sagen, daß du um ein Haar ertrunken wärst, dann hebt sie dir wahrscheinlich noch einen Knochen zum Abendessen auf. Verstanden?«

»Verstanden. Tschüs.«

Er mit seinen Witzen! Ha, ha, ha. Allerdings lustig, wie er sich darum sorgt, daß ich Mary sicher nach Hause bringe, wo ihre eigene Mutter keinen Gedanken daran verschwendet.

Wir machen uns nun auf den Weg zu ihr nach Hause, aber wir kommen wegen des starken Verkehrs nur langsam voran. Ich denke darüber nach, wie ich Mary wiedersehen könnte, ohne sie nach ihrer Telefonnummer zu fragen und dann anrufen und ein Rendezvous ausmachen zu müssen. Diese Seite des Telefonierens mag ich gar nicht. Außerdem müßte ich in irgendein Telefonhäuschen gehen, damit die Familie nicht mithört, und dabei käme ich mir schon mal dumm vor.

Gerade jetzt kommen wir wieder zu dem Golfplatz. Ich haue auf den Griff meines Fahrrads und sage: »Du, ich hab's!«

»Was hast du?«

»Golf. Spielen wir doch Golf. Nicht jetzt, das meine ich nicht. Aber an dem nächsten schulfreien Tag, vielleicht am Wahltag. Ich leihe mir Pas Schläger und fahre mit der U-Bahn bis hierher, und hier treffen wir uns dann. Wie wäre es mit zehn Uhr?«

»Was?« Mary macht ein ganz verdutztes Gesicht. »Na, ich kann es ja mal versuchen.«

»Es ist leicht, ich werde es dir schon zeigen.« Ich habe bisher auch nur zweimal gespielt, und da traf ich den Ball eigentlich nur vier- oder fünfmal anständig. Aber wenn ich ihn traf, kam es mir auch wirklich leicht vor.«

Wir kommen zu Marys Haus, ich stelle die Räder ein und gebe ihr die Windjacke zurück. »Ich glaube, ich gehe lieber gleich weiter, denn es ist schon spät. Dann also bis zum Wahltag.«

»Gut, tschüs – und danke für die Fähre!«

Dollars und Katzen

Am Mittwochabend vor dem Dankfest gehe ich in den Feinkostladen hinunter, um mir Cola zu kaufen, damit ich das Fernsehen am Abend mal richtig genießen kann. Tom ist gerade mit der Arbeit im Blumenladen fertig, und ich frage ihn, ob er mit mir nach Hause kommen will.

»Nö. Danke. Ich muß morgen wieder früh bei der Arbeit sein.« Er macht keinen sehr heiteren Eindruck.

»Wie macht sich der Job?«

»Ganz gut.«

Wir gehen ein Stück nebeneinanderher.

»Der Job ist nicht übel, aber ich habe keine Lust, mein ganzes Leben lang Blumenbinder zu bleiben, und ich sehe keine Möglichkeit, bei dieser Arbeit noch abends zu lernen.«

Das ist wohl wahr. Es muß schon hart sein, wenn man an regulären Feiertagen nicht einmal frei bekommt.

»Mußt du morgen den ganzen Tag arbeiten?« frage ich.

»Um sieben mache ich den Laden auf, dann arbeite ich gleich an den schon eingegangenen Bestellungen. So zwischen drei und vier werde ich wohl fertig sein.«

»Gut, dann komme doch zu uns zum Festessen! Wir essen sowieso erst gegen Abend.«

Tom grinst. »Kochst du denn das Essen? Vielleicht solltest du lieber vorher deine Mutter fragen.«

»Ma ist schon einverstanden. Wenn du willst, frage ich sie und sage dir dann morgen im Laden Bescheid, ja?«

»Hmm. Also gut, vielen Dank. Später am Abend habe ich zwar noch eine Verabredung mit Hilda, aber sie muß vorher mit ihrer Familie essen.«

»Gut. Dann also bis morgen.«

»In Ordnung.«

Ma sagt, daß Tom gern kommen kann, also gehe ich am nächsten Morgen in den Laden und gebe ihm Bescheid. Außerdem erfahre ich, daß Ma auch Kati zum Festessen eingeladen hat, und das ist recht ungewöhnlich. Für Kati, meine ich. Ich glaube, sie hätte die Einladung glatt abgeschlagen, nur bringt es eben niemand fertig, Mas Gefühle zu verletzen. Kati war natürlich schon früher bei uns, aber dann kam sie einfach herein, um zu plaudern oder Tee zu trinken. Es war keine richtige Einladung.

Als sie kommt, sieht sie wie jemand aus einer anderen Welt aus. Ich kenne sie bisher bloß in ihren alten Röcken und ihren Segeltuchschuhen, und die guten Kleider, die sie jetzt trägt, müssen mindestens zwanzig Jahre in einem Schrank gehangen haben. Das Kleid und die Schuhe sind völlig aus der Mode, und am Arm trägt sie ein uraltes Handtäschchen aus schwarzem Lackleder. Gewöhnlich schleppt sie lediglich ihre alte Stoffeinkaufstasche herum, die meistens bis zum Rand mit Katzen-Leckerbissen gefüllt ist. Wenn ich darüber nachdenke, so finde ich nur eine Erklärung: Kati lebt in einer Welt, die nur ihr selbst und den Katzen gehört. Ich habe es bisher noch nie erlebt, daß sie den Versuch gemacht hat, sich der normalen Umwelt anzupassen.

Kater erkennt sie jedoch gleich. Kleider können ihn nicht zum Narren halten. Er reibt sich an ihrem Bein und rollt sich auf dem Sofa neben ihr zusammen, aber mit einem halbgeöffneten Auge beobachtet er immer noch die Backofentür in der Küche, hinter der der Truthahn schmort.

Tom kommt herein, ebenfalls vornehm gekleidet – weißes Hemd, Krawatte und Jackett –, und auch ihn sehe ich zum erstenmal so. Er setzt sich auf die andere

Seite von Kater, der ihm nachlässig eine Pfote entgegenstreckt.
Wenn ich mir Tom und Kati so ansehe, wie sie da auf dem Sofa sitzen und beide ein wenig befangen aussehen, dann kommt mir ein komischer Gedanke. Meine Familie fängt an, in ähnlicher Weise Menschen um sich zu sammeln, wie Kati heimatlose Katzen um sich schart. Natürlich sind Kati und Tom nicht heimatlos. Sie sind eher einsam und gehören zu keiner Familie. Ich glaube, Ma wünschte sich schon immer mehrere Menschen, für die sie sorgen könnte, und sie ist daher froh, die beiden um sich zu haben.
Im Spaß frage ich Kati: »Wie viele Katzen sind zum Dankfestessen bei dir zu Hause?«
Sie hört einen Augenblick auf, Kater zu streicheln, und überlegt: »Hmm, Susan hat vier Junge bekommen; ein wunderhübsches kleines orangefarbenes und drei tigergestreifte Kätzchen. Dann habe ich noch zwei große heimatlose Katzen bei mir und einen alten Kater. Zusammen acht. Manchmal habe ich noch viel mehr.«
»Hat der Hauswirt nichts dagegen einzuwenden?« fragt Pa.
Kati lacht höhnisch auf. »Der! Huh! Ich bezahle doch meine Miete. Außerdem habe ich mein eigenes Vorhängeschloß an der Tür, damit er nicht bei mir herumschnüffeln kann.«
Wir setzen uns alle zum Essen an den Tisch. Pa gibt Kater den Truthahnhals, über den er sich in der Küche hermachen darf. Als Kater damit fertig ist, hockt er sich unterwürfig auf den Boden und starrt uns an, während wir essen. Kati gibt ihm kleine Leckerbissen, was man mir immer verbietet. Ich glaube, sie ist selbst gar nicht so scharf auf den Truthahn; sie hält sich ziemlich streng an Obst und Quark.

Nach dem Essen verabschiedet sich Tom, um sich mit Hilda zu treffen. Ich bringe Kati nach Hause und trage eine Tüte voller Reste und Knöchelchen für ihre Katzen. Während sie noch mit ihren beiden Schlüsselbunden herumnestelt und die Tür aufzuschließen versucht, streckt ihr Nachbar den Kopf aus seiner Tür. »Eben war ein Telegrammbote hier und wollte zu Ihnen. Er wollte mir das Telegramm nicht anvertrauen.«
»Ein Telegramm?« Kati sperrt Mund und Augen auf.
»Jawohl. Er kommt wieder.« Der Mann macht ein zufriedenes Gesicht, als habe er eine schlechte Nachricht ausrichten dürfen. Er zieht den Kopf ein und schließt die Tür wieder hinter sich.
Wir gehen in Katis Wohnung, und gleich kommen die Katzen miauend angelaufen, drücken sich an ihre Beine und springen auf den Spültisch, um mit der Nase an die Restetüte zu stupsen, die ich dort abstellte. Kati murmelt ununterbrochen vor sich hin, macht sich an ihrem Mantel und ihrer Handtasche zu schaffen und achtet kaum auf die Katzen, was bei ihr ungewöhnlich ist.
»Eine Menge Leute schicken an Feiertagen Telegramme«, sage ich. »Es sind sicher nur Grüße.«
»Nicht an mich!« schnappt Kati, und es hört sich an, als sollten sie es auch lieber lassen.
Ich gehe hinüber und spiele mit den kleinen Kätzchen. Das marmeladefarbene ist das kräftigste des Wurfes, es kann bereits aus der Schachtel herausklettern. Es grapscht nach meinen Fingern. Kati füttert die großen Katzen fertig, stelzt herüber und legt das kleine Kätzchen in die Schachtel zurück. »Du bleibst hier drin, sonst tritt noch jemand auf dich.« Sie setzt Susan zu ihren Jungen, damit sie auf diese aufpaßt.
Da klingelt es. Kati reißt die Tür auf und prallt mit

einem alten kleinen Telegrammboten zusammen, der schläfrig am Türrahmen lehnt.
»Immer mit der Ruhe, meine Dame, immer mit der Ruhe«, sagt er. »Sie müssen bloß hier unterschreiben.«
Sie unterschreibt, gibt ihm den Bleistift zurück und knallt die Tür zu. Das orangefarbene Kätzchen ist schon wieder herausgekrochen, und Kati tritt beinahe darauf, als sie durch das Zimmer eilt und das Telegramm aufreißt. Es ist noch zu dumm, um den Füßen ausweichen zu können. Diesmal bringe ich es in die Schachtel zurück.
Kati liest das Telegramm und setzt sich. Sie scheint jetzt ganz ruhig zu sein. »Nun, er ist gestorben«, sagt sie.
»Was? Wer?«
»Mein Bruder. Er ist der einzige Mensch auf der Welt, der mir hätte ein Telegramm schicken können. Jetzt ist er also tot.«
Sie wiederholt es noch einmal, und ich weiß nicht, ob ich ihr mein Beileid aussprechen oder sonst was tun soll. Ich dachte immer, es gebe eine Menge Heulerei und Durcheinander, wenn jemand von einem Todesfall in der Familie erfährt. Kati sieht ganz ruhig aus, aber doch irgendwie seltsam.
»War er denn krank?«
Kati schüttelt den Kopf. »Ich weiß es nicht. Ich habe ihn schon zwanzig Jahre nicht mehr gesehen.«
Einen Augenblick ist es still, dann fährt Kati fort und spricht teils zu sich selbst, teils zu mir. »Gemeiner, alter Tölpel. Er sprach mit niemand, höchstens über sein Geld. Das ist auch das einzige, was ihn interessierte. Einmal versuchte er, mich dazu zu bringen, daß ich Geld bei ihm investierte. Das war das letzte Mal, daß ich ihn sah. Draußen in Bronx hat er ein altes Haus.

Aber wir haben uns nie vertragen, auch nicht als Kinder.«

»Hatte er eine Frau? Wer hat denn das Telegramm geschickt?«

»Er hatte eine Haushälterin. Genauso niederträchtig wie er. Sie pflegte ihm altes Brot und eingedrückte Suppendosen zu kaufen, weil sie billiger sind. Sie paßte ihm genau in den Kram – ging mit seinem Geld sparsam um und sprach nie mit ihm. Nun, sie wird sein Geld ja jetzt bekommen, falls er welches hinterlassen hat. Darauf hat sie auch die ganze Zeit gewartet. Sie hat das Telegramm geschickt.«

Zwanzig Jahre, denke ich. So lange hat sie nicht mit ihrem eigenen Bruder gesprochen, und er wohnte nur ein Zehncent-Telefongespräch von ihr entfernt. Ich wundere mich. Ich kann mir nicht vorstellen, daß er ihr einfach völlig gleichgültig war. Sie müssen furchtbar böse aufeinander gewesen sein. Und auch böse auf die ganze Welt. Man fragt sich nur, was für Eltern sie wohl hatten, wenn der eine schließlich nur noch Katzen und der andere bloß noch Geld liebt.

Kati stiert aus dem Fenster und krault den alten Kater zwischen den Ohren. Das trifft mich irgendwie. Jetzt gibt es keinen einzigen Menschen mehr auf der Welt, den sie liebt oder auch nur haßt. Ich mag Katzen auch gern, aber wenn ich nicht auch Menschen hätte, die mir etwas bedeuten, wäre das nicht mehr so gut. Ich sage leise »Wiedersehn« und gehe hinaus.

Reichtum

»Ich habe mich schon immer gefragt, ob die arme Seele wohl irgendwelche Verwandte hat«, sagt Ma, als ich ihr von Katis Telegramm erzähle. »Und jetzt hat sie ihren einzigen Bruder verloren. Das ist traurig.«

»Ich finde, es ist traurig, daß sie zwanzig Jahre nicht mit ihm gesprochen hat. Ich habe mir schon immer einen Bruder gewünscht«, antworte ich ihr.

»Wenn es ihr einziger Bruder war, wird sie sich um seinen Nachlaß kümmern müssen«, meint Pa. Sein juristischer Geist ruht nie. Ich glaube, er hat aber nicht unrecht. Wie soll Kati jedoch mit Rechtsanwälten oder einem Beerdigungsunternehmen oder mit sonst jemand fertig werden? Sie kann es ja kaum ertragen, mit solchen Leuten auch nur zu reden.

»Was muß sie denn tun?«

»Ich sollte vielleicht morgen mal bei ihr vorbeischauen«, bemerkt Pa. »Es kann eine Menge zu tun geben. Sie muß feststellen, ob er ein Testament hinterlassen hat, ob er Steuerschulden hat, ob Besitztümer da sind, die verwaltet oder verkauft werden müssen.«

»Kati hat gesagt, er sei ein Geizhals gewesen. Vielleicht hat er ihr eine Million hinterlassen. Das wär' toll!«

»Sei kein Dummkopf!« fährt Pa mich an, und da es sich richtig böse anhört, halte ich lieber den Mund.

Am nächsten Morgen schickte er mich zu Kati hinüber, um nachzusehen, wie es ihr geht. »Sie ist doch so menschenscheu, da möchte ich nicht einfach unangemeldet hereinplatzen. Ich werde in zehn Minuten vorbeikommen und so tun, als wollte ich dich zum Kino abholen.«

Ich schlendere um die Ecke zur 3. Avenue und bleibe wie angewurzelt stehen. Vor Katis Haus stehen zwei

Zeitungswagen, ein roter und ein schwarzer, und auf dem Bürgersteig hat sich eine ganz beachtliche Menschenmenge angesammelt. Ich mische mich unter sie.

»Diese verrückte Katzenfrau ... er hat wohl auch nicht alle Tassen im Schrank gehabt ... hat ihr eine Million hinterlassen ... ein Haufen reiche Katzen, was sagen Sie nun ...«

Also hat er ihr wohl tatsächlich Geld vererbt, und plötzlich wird mir klar, daß es gar nicht so toll ist. Es wird sogar unangenehm sein. Ich dränge mich durch die Menschen und gehe die Treppe hinauf, ohne daß mich jemand zurückhält. Als ich Katis Tür öffne, schießt der alte Kater heraus. Er macht sich davon, und ich sehe jetzt warum.

Katis Zimmer ist winzig, und jetzt scheint es von einer riesigen Menschenmenge erfüllt zu sein. Vielleicht sind es nur ein halbes Dutzend, aber die Fotografen drängeln sich herum und versuchen, Schnappschüsse zu machen, und die Reporter reden durcheinander.

Das orangefarbene Kätzchen streckt den Kopf aus der Schachtel. Dann klettert es heraus und marschiert geradewegs in das Meer von Füßen hinein. Ich bringe es zurück und versuche, zu Kati hinüberzukommen. Sie hat sich in eine Ecke verschanzt und sieht aus, als wolle sie jeden Augenblick aus dem Fenster springen. Sie hat die Arme vor der Brust verschränkt, und jede Hand umklammert den anderen Arm, als versuche sie, sich selbst zusammenzuhalten. Ein Reporter mit einem Notizblock in der Hand belagert sie gerade.

»Frau Carmichael« – komisch, ich habe ihren Familiennamen noch nie gehört –, »ich möchte Ihnen nur ein paar Fragen stellen. Könnten Sie uns erzählen, wann Sie Ihren Bruder zuletzt gesehen haben?«

»Nein, das könnte ich nicht«, faucht sie, indem sie den

Kopf zwischen ihren Schultern einzieht, als wollte sie in den Boden versinken.
»Was werden Sie mit dem Geld anfangen?« fragt ein Fotograf. Er nimmt eine der großen Katzen hoch und setzt sie auf Kati. Die Katze klammert sich an ihr fest, und der Fotograf sagt: »Bleiben Sie einen Moment so, ich will nur rasch eine Aufnahme machen.«
Er geht zwei Schritte zurück.
Beim ersten Schritt ist es still im Zimmer. Beim zweiten ertönt ein erbärmliches Miaugeschrei. Er hat auf das naseweise orangefarbene Kätzchen getreten.
Der Schrei läßt uns alle erstarren, nur Kati nicht. Sie weiß sofort, was geschehen ist, und schnellt aus ihrer Ecke hervor. Das Kätzchen zuckt jetzt leicht, und hellrotes Blut strömt ihm aus dem Mund. Mit einem kräftigen, barmherzigen Schlag macht Kati dem Leiden ein Ende. Sie hebt den schlaffen Körper hoch, wickelt ihn fein säuberlich in ein Papierhandtuch und legt ihn in den Papierkorb.
Noch einen kleinen Augenblick währt das erstarrte Schweigen im Zimmer. Kati scheint die vielen Leute fast schon vergessen zu haben. Dann eilen zwei von ihnen hastig zur Tür. Der Fotograf schlurft verlegen durch das Zimmer und sagt: »Ach, ich hatte wirklich nicht die Absicht, nicht um alles in der Welt wollte ich ...« Kati wirbelt herum und brüllt ihn an: »Raus! Raus mit euch allen! Laßt mich und meine Katzen in Ruhe! Ich habe euch nicht hereingebeten!«
In diesem Augenblick kommt mein Pa zur Tür herein. Natürlich weiß er nichts von dem Kätzchen, aber er erfaßt die allgemeine Lage sogleich und treibt die zurückgebliebenen beiden Reporter zur Tür. Er gibt ihnen seine Karte mit der Adresse und sagt ihnen, daß sie ein wenig später bei ihm vorbeikommen könnten.

Meine Knie werden jetzt plötzlich weich, und ich falle aufs Sofa. Ich kann meine Augen nicht von dem kleinen Päckchen im Papierkorb abwenden. Es wäre das kräftigste geworden. Ich habe es noch nie erlebt, daß vor meinen Augen etwas getötet wurde. Das nimmt einen mit!

Pa versucht Kati zu beruhigen. Sie steht vor ihm und faßt ihn an beiden Mantelärmeln. »Was soll ich nur tun? Was kann ich tun? Ich will sein Geld nicht. Ich will von keinem was. Ich will nur in Frieden gelassen werden!«

»Beruhigen Sie sich, Kati, beruhigen Sie sich. Sie brauchen niemand in Ihre Wohnung zu lassen. Was nun die Erbschaft angeht – nun, damit muß ich mich noch etwas näher befassen.«

Pa gibt mir über die Schulter ein Zeichen, daß ich Ma holen soll.

Ich gehe heim und setze Ma die Lage auseinander, und sie kommt auch gleich mit. Ein Fotograf und ein paar Reporter lungern immer noch herum, und der Kerl knipst Ma und mich an der Tür. Ma nimmt rasch Reißaus nach oben. Obwohl es mir auch nicht gerade wohl zumute ist, habe ich doch im Grunde nichts dagegen, mich für eine Zeitung fotografieren zu lassen.

»He, Junge!« ruft einer der Reporter und stellt sich vor mich hin. »Diese Frau Carmichael, benimmt sie sich oft seltsam? Ich meine, hält sie auf der Straße Selbstgespräche und so was?«

Ich verstehe, was für eine Geschichte er sich zusammenreimen will. In gewisser Hinsicht stimmt sie zwar, aber wenn man Kati näher kennt, trifft sie nicht mehr zu. Ich bin jedenfalls dagegen und sage: »Nein. Sie ist ganz normal. Sie ist nur ein bißchen menschenscheu, und sie mag Katzen gern.«

»Wie viele Katzen hat sie denn?«

Wenn es hoch herging, waren schon ein paar Dutzend bei ihr, aber wieder untertreibe ich. »Sie hat eine Katze mit ihren Jungen, manchmal noch eine oder zwei streunende Katzen. Lassen Sie sich von diesen blöden Kindern hier bloß keinen Bären aufbinden!«

»Sie bekommt doch nun so viel Geld; meinst du, sie kauft sich ein großes Haus? Vielleicht als Asyl für heimatlose Katzen?«

Ich zucke mit den Achseln. »Ich weiß es nicht. Sie will das Geld sowieso nicht. Sie will nur in Ruhe gelassen werden.«

»Will das Geld nicht!« fährt der Fotograf dazwischen. »Junge, dann muß sie wirklich verrückt sein!« Ich gehe ins Haus zurück.

Der Reporter sagt, er will noch warten und mit meinem Pa sprechen, und ich gehe hinauf, um mich nach dem Stand der Dinge zu erkundigen.

Kati sitzt auf dem Sofa, rümpft die Nase, wischt sich die Augen und murmelt vor sich hin, aber sie sieht jetzt ruhiger aus. Ma kocht Tee. Pa guckt aus dem Fenster.

Kati schluckt und holt tief Atem. »Sagen Sie ihnen, daß ich sein altes Geld nicht will. Sagen Sie ihnen, sie sollen es jemand anderem geben. Sagen Sie ihnen, sie sollen mich in Ruhe lassen. Ich will nichts als meine vier Wände und meine Katzen. Sie können mich doch nicht hinauswerfen, oder? Ich wohne hier schon dreißig Jahre lang. Ich könnte in keiner anderen Wohnung leben.«

Sie schluckt und schnupft von neuem, und Ma bringt ihr eine Tasse Tee. Die großen Katzen springen auf den Tisch, um nachzusehen, ob es etwas Gutes ist, und kuscheln sich in ihren Schoß. Kati schlürft etwas Tee und

fragt Pa dann noch einmal: »Sie können mich doch nicht hinauswerfen, oder?« Das scheint sie am allermeisten zu bewegen.
»N-nein«, antwortet Pa. »Nur . . .«
Da klopft es, und ich öffne die Tür einen Spalt breit. Draußen steht ein Mann und sagt, er sei der Hausbesitzer. Sobald Kati seine Stimme hört, kläfft sie ihn an: »Ich habe meine Miete wie immer am Ersten bezahlt. Belästigen Sie mich jetzt gefälligst nicht!«
»Es ist wegen der Katzen«, brummt er. »Da draußen sind Leute, die behaupten, Sie hätten ein Dutzend Katzen hier drin. Es gibt eine Vorschrift, wissen Sie.«
Er ist ein elend aussehender, weinerlicher Mann, und er scheint sehr mit sich zufrieden zu sein, als er sagt, es gäbe eine Vorschrift über die Haltung von Katzen.
Kati stürzt sich auf ihn. »Ich verstoße gegen keine Vorschriften! Ich kenne Sie! Sie wollen mich bloß hier heraushaben und die Wohnung teurer vermieten. Lassen Sie mich gefälligst in Ruhe!«
»Es gibt eine Vorschrift, das ist alles«, winselt der Mann.
»Ich dulde in meinem Haus keine Verstöße.«
Pa kommt hinzu und erklärt dem Mann, es sei lediglich eine Katze mit ihrem Jungen da. »Im Augenblick sind noch ein paar wilde Katzen hier, aber die nehme ich mit nach Hause.«
»Es gibt eine Vorschrift, das ist alles. Außerdem habe ich das Recht, mir die Wohnungen anzusehen.« Da Pa aber keine Anstalten macht, ihn hereinzulassen, schlurft er mit den Füßen, knurrt vor sich hin und wendet sich zum Gehen.
»Verriegeln Sie die Tür!« faucht Kati. »Ich schiebe immer den Riegel vor.«
Pa sagt, er wolle nach Hause gehen und ein paar Tele-

fongespräche führen, um der ganzen Sache auf den Grund zu kommen. Er notiert sich Name und Adresse von Katis Bruder und fragt sie, ob sie sicher sei, daß er außer ihr keine anderen Verwandten mehr hatte. Sie sagt, daß sie nie von weiteren gehört habe. Pa geht, und Kati besteht darauf, daß ich die Tür hinter ihm wieder verriegle.

Sie steht auf und beginnt das Abendessen für die Katzen hervorzukramen. Sie kauft ihnen immer Fisch und Hühnerleber, obwohl sie selbst kaum Fleisch ißt. Sie horcht einen Augenblick an der Hintertür, um sich zu vergewissern, daß niemand draußen ist, und öffnet dann die Tür und stellt den Mülleimer und den Papierkorb hinaus. Jetzt ist das abenteuerlustige Kätzchen fort!

Das muß man Kati lassen: Sie zeigt ihren Katzen gegenüber wirklich gar keine Spur von Sentimentalität. Das Kätzchen ist tot, es ist tot, und damit Schluß. Wegen dieses schlaffen Stückes Fell bläst sie keine Trübsal. Überhaupt zeigt sie in allem, was mit ihren Katzen zu tun hat, erstaunlich viel gesunden Menschenverstand und Kraft. Sie bilden einfach ihre Familie. Ich weiß nicht, ob ich es fertiggebracht hätte, dem Elend dieses Kätzchens ein Ende zu machen.

Solange die Welt Kati keine verirrten Vermögen zuspielt, kommt sie glänzend zurecht. Aber sobald ihr Menschen in den Weg treten, braucht sie jemand wie Pa.

Ma will noch eine Weile bei Kati bleiben, und sie bittet mich, die beiden verirrten Katzen mit heimzunehmen; es könnte ja sein, daß der Hauswirt noch einmal kommt und Scherereien macht.

»Au ja, prima! Da bekommt Kater Gesellschaft.«

Kati rümpft die Nase. »Das wird ihn schön ärgern.

Katzen mögen es gar nicht, wenn andere Katzen sich in ihrem Heim einnisten.«
Natürlich hat sie recht. Ich setze die Katzen zu Hause nieder, und gleich faucht Kater sie an und jagt sie in die Küche unter die Heizung. Dann setzt er sich an die Tür und blinzelt sie warnend an.

Allmählich beruhigen sich die erhitzten Gemüter. Ma und ich und manchmal auch Tom, der in seinem Blumenladen ja ganz in der Nähe ist, wechseln uns darin ab, bei Kati nach dem Rechten zu sehen, für sie einzukaufen oder sie auf ihren Gängen zu begleiten, damit sie nicht dauernd belästigt wird. Bald geraten sie und ihre Erbschaft bei den Nachbarn jedoch in Vergessenheit. Sie sehen sie noch immer das gleiche alte Katzenfutter und das Obst und den Quark wie früher einkaufen, und wahrscheinlich denken sie, das Ganze sei nur ein Schwindel gewesen.
Es war aber keiner. Pa erfährt, daß ihr Bruder tatsächlich ein Testament hinterlassen hat. Er bestimmte seine Beerdigung, vermachte seiner Haushälterin etwas und etwas dem Besitzer eines kleinen Restaurants in der Innenstadt – offenbar war es sein großer Luxus, zweimal im Jahr eine anständige Mahlzeit zu sich zu nehmen, wenn er in die Stadt fuhr, um neue Aktien einzukaufen – und den Rest Kati.
Pa deutet an, daß es Monate oder sogar Jahre dauern könnte, bis der Nachlaß geregelt sei, aber er meint, Kati solle sich ihren Anteil auf eine Bank überweisen lassen, die sich dann um alle Formalitäten und Steuerabgaben kümmert und ihr soviel oder sowenig auszahlt, wie sie haben möchte. In ihrem Testament kann sie den ganzen Zaster einem Katzenheim vermachen, wenn sie will, worüber sich ihr Geizkragen von Bruder

wahrscheinlich im Grabe umdrehen wird. Ich fragte sie einmal, und da sagte sie, sie wolle einen Teil vielleicht der Kinderhilfsstelle vermachen, weil es in New York doch so viele heimatlose Kinder gibt, die eine Fürsorge ebenso nötig haben wie die Katzen. Sie fängt doch an, manchmal auch an die Menschen zu denken.

Telefonnummern

Es hat auch Nachteile, wenn man ein Mädchen nicht nach seiner Telefonnummer fragt. Diese Verabredung mit Mary am Wahltag fiel nämlich ins Wasser. Erstens lag ich mit Grippe im Bett, und Ma hätte mich um alles in der Welt nicht hinausgelassen, und zweitens regnete es in Strömen. Ohne ihre Telefonnummer hatte ich keinerlei Möglichkeit, ihr Bescheid zu geben, und ich wußte nicht einmal ihre genaue Adresse, damit ich ihr später hätte schreiben können.

Als ich die Grippe los war, kam das Dankfest und dann das ganze Theater mit Kati. Die Zeit verging, und ich kam mir jeden Tag schäbiger vor, weil ich sie einfach so ohne ein Wort sitzenließ, aber ich konnte mich nicht dazu überwinden, nach Coney hinauszufahren und einfach an ihrer Haustür zu klingeln. Ich hätte das Haus schon noch gefunden.

An einem Spätnachmittag in der ersten Woche der Weihnachtsferien klingelt bei uns das Telefon, und Pa nimmt den Hörer ab. »Einen Augenblick bitte«, und ich höre schon an seiner Stimme, daß es niemand ist, den er kennt.

»Eine junge Dame will dich sprechen, Dave«, ruft er und schaut vergnügt zu, wie ich verlegen schlucke.

»Hallo?« lispelt eine ziemlich belegte, dünne Stimme. »Ist dort Dave – äh – Mitchell – äh – ich meine, mit Kater?«

Ich erkenne Marys Stimme, auch wenn sie sich fremd und verschüchtert anhört.

»Oh, hallo!« antworte ich. »Klar bin ich es! Es tut mir furchtbar leid, daß ich damals nicht zum Golfspielen kommen konnte, aber ich lag mit einer Grippe im Bett und wußte deine Telefonnummer nicht, und ...«

»Ach, das ist schon in Ordnung«, sagt sie. »Ich fragte mich schon, was wohl passiert sei.«

Es folgt eine kleine Pause, und ich sehe, wie Pa grinst und so tut, als lese er seine Zeitung. Ich drehe mich um, damit ich ihn nicht sehe.

»Wo bist du jetzt? In Coney draußen?« frage ich Mary.

»Nein, um die Wahrheit zu sagen, ich bin im Kaufhaus Macy.« Zögernd spricht sie weiter: »Das ist auch der eigentliche Grund, warum ich anrufe. Weißt du, ich hatte mich um fünf mit meiner Mutter hier verabredet, und nun ist sie nicht gekommen, und ich habe all diese Weihnachtsgeschenke eingekauft und ganz vergessen, noch Geld übrigzulassen, und jetzt habe ich meinen letzten Groschen ins Telefon geworfen.«

Sie hält inne. Ich verstehe jetzt, warum ihre Stimme so verängstigt klingt, und mir wird nun auch etwas komisch im Bauch. Was tun, wenn der Groschen abgelaufen ist und die Verbindung unterbrochen wird? Ich würde sie bei Macy nie finden – es ist viel zu groß.

»Pa!« japse ich. »Dieses Mädchen steht in der Telefonzelle im Kaufhaus Macy, und ihr Groschen läuft ab, und sie hat kein Geld mehr. Was soll ich tun?«

»Laß dir die Nummer der Zelle geben und rufe zurück. Hier.« Er gibt mir einen Bleistift.

Was für eine Erleichterung! Komisch, daß ich darauf nicht selbst gekommen bin. Irgendwie denkt man einfach nicht daran, daß eine öffentliche Telefonzelle auch eine Nummer haben könnte.

Marys Stimme klingt nun auch erleichtert. Ich notiere mir die Nummer und rufe zurück, und mit Pas Hilfe, der hie und da Vorschläge macht, verabreden wir, daß ich zu Macy komme und sie im Erdgeschoß nahe der 34. Straße und dem Broadway treffe, und zwar an dem Stand, an dem Regenschirme für zwei Dollar neunundachtzig Cent das Stück verkauft werden, und den Mary von der Telefonzelle aus beobachten kann.

»Gut«, sage ich, aber ich habe einfach noch keine Lust aufzulegen. Es macht mir Spaß, so miteinander zu plaudern. Also rede ich weiter: »Hör zu, Mary, für den Fall, daß wir uns bei Macy verfehlen – welche Telefonnummer hast du zu Hause, damit ich dich mal wieder anrufen kann?«

»COney 7-1218.«

»Gut. Also tschüs, ich komme gleich rüber. Zu Macy, meine ich.«

Ich schnappe meinen Mantel und durchsuche die Taschen, um festzustellen, ob ich noch genug Geld habe. Pa fragt, ob ich sie zum Abendessen mit heimbringen werde.

»Ach so, ich weiß noch nicht.« Ich hatte überhaupt noch nicht darüber nachgedacht, was wir anfangen könnten. »Ja, ich denke schon, falls ihre Mutter bis dahin nicht aufgetaucht ist. Ich rufe an, wenn wir etwas anderes unternehmen.«

»In Ordnung«, sagt Pa.

Ich gehe hinaus und haste durch das abendliche Gedränge zur U-Bahn. Die Kaufhäuser sind jetzt wegen Weihnachten abends geöffnet und voller Menschen.

Ich finde den verabredeten Treffpunkt und erblicke Mary sofort. Alle übrigen Leute eilen umher und murmeln aufgeregt vor sich hin, nur sie steht ganz verloren da. Überhaupt sieht sie so erbärmlich und verlassen aus, daß ich gleich sage: »Guten Abend! Sollen wir zuerst mal was essen?«

»Ja, ich bin schon halb verhungert. Ich wollte mir gerade einen Pfannkuchen holen, als ich feststellte, daß mir das Geld ausgegangen ist.«

»Komm, wir gehen zu mir nach Hause, dann kannst du mit uns essen. Aber was machen wir mit deiner Mutter? Wird sie dich nicht suchen?«

Mary tritt von einem Fuß auf den andern und sieht erschöpft aus. »Ich weiß nicht. Wenn sie käme und mich nicht finden würde, dann würde sie sich wohl ausrechnen, daß ich nach Hause gefahren bin.«

Ich versuche einen Augenblick nachzudenken, was gar nicht so einfach ist, wenn sich so viele Leute um einen herumdrängen. Mary will ihre beiden riesigen Einkaufstaschen anheben, aber ich nehme sie ihr ab und überlege immer noch. Am U-Bahnhof sehe ich eine Telefonzelle.

»Ich hab's«, sage ich, »ruf doch zu Hause an und frag, ob deine Mutter dir eine Nachricht hinterlassen hat!«

»Ja ...« Mary steht verwirrt neben der Telefonzelle und sieht aus, als wolle sie gleich zu weinen anfangen. Da wird mir plötzlich bewußt, daß es das beste ist, wenn wir sofort zu mir nach Hause fahren und sie sich in einer ruhigen Umgebung hinsetzen kann. Ob wir fünfzehn Minuten früher oder später anrufen, spielt ja keine große Rolle.

Wir kommen ziemlich rasch nach Hause, und ich mache Mary mit Ma und Pa bekannt. Sie sinkt in den nächsten Sessel und zieht die Schuhe aus.

»Entschuldigen Sie bitte«, stammelt sie. »Ich habe diese Stöckelschuhe erst gekauft, und sie tun mir scheußlich weh.«
Sie bewegt ihre Zehen hin und her und sieht schon besser aus. Ma bietet ihr ein Paar Hausschuhe an, und Pa reicht ihr Kartoffelchips.
»Armes Kind, wollten Sie gleich alle Weihnachtseinkäufe auf einmal machen?« fragt Ma.
»Nun, ich hatte lange meinen Spaß daran, mir die Sachen einfach anzusehen. Ich habe zwei kleine Vettern, denen ich eigentlich nur eine Kleinigkeit kaufen muß, aber ich sehe mir furchtbar gern Spielsachen an, und so habe ich eine ganze Weile in der Spielwarenabteilung zugebracht. Dann mußte ich das übrige in aller Eile einkaufen, und überall ist es so voll, und ich kam mit meinem Geld durcheinander und hatte nur noch einen Groschen übrig; dann verfehlte ich meine Mutter, oder sie hat mich vergessen.«
Sie streckt einen Fuß nach Kater aus, der vor ihr sitzt. »Ich wußte einfach nicht, was ich tun sollte. Das Nachdenken fällt einem so schwer, wenn die Füße weh tun!«
»Das ist wahr«, meint Ma. Sie geht in die Küche hinaus, um das Essen fertigzumachen, und Pa schlägt vor, daß Mary nun am besten zu Hause anrufen sollte. Ihr Vater meldet sich, und ihre Mutter läßt ihr ausrichten, daß sie aufgehalten wurde und annahm, Mary würde allein nach Hause fahren. Mary gibt ihrem Vater unsere Adresse und sagt, sie werde gegen neun Uhr zu Hause sein.
Wir haben heute ein gutes Essen: Es gibt feinen, saftigen Braten, keinen solchen Mischmasch, und Kartoffeln im Käseauflauf und Salat, zum Nachtisch haben wir sogar Zitronenkuchen aus der Konditorei.
Nach dem Essen bleiben wir noch ein wenig zusam-

men sitzen, und dann sagt Pa, ich solle Mary nun lieber nach Hause bringen. Er gibt mir Geld für ein Taxi von der Endstation der U-Bahn. Als Mary dem Fahrer ihre Adresse sagt, wiederhole ich sie mehrmals im Geiste, damit ich sie auch behalte.

Plötzlich fällt mir etwas ein. »Sag mal, Mary, woher wußtest du denn meine Telefonnummer?«

»Ich habe sie nachgeschlagen«, antwortet sie einfach. »Im Telefonbuch von Manhattan sind zwar fürchterlich viele Mitchells aufgeführt, aber nur einer in den östlichen Zwanzigerstraßen, und da dachte ich, daß wärest bestimmt du.«

»Ja, das ist wahr. Es muß aber doch schrecklich für dich gewesen sein, mit deinen wunden Füßen in der Telefonzelle zu stehen und alle Mitchells durchzugehen.«

»O nein«, gesteht sie, »das habe ich schon vor vielen Wochen an einem verregneten Nachmittag zu Hause getan.«

Da bleibt einem die Spucke weg!

Prost, Kater!

Die beiden neuen Katzen gewöhnen sich allmählich bei uns ein. Kater hat es erreicht, ihnen unmißverständlich beizubringen, daß er der Herr im Hause ist, und nun jagt er nur noch ab und zu zum Spaß hinter ihnen her. Die anfängliche Abmachung, daß Katzen sich nur in meinem Zimmer aufhalten dürfen, ist so gut wie vergessen. Vor allem Ma hat sie wirklich gern. Sie stellt schnell kleine Untertassen mit Milch und echtem Hackfleisch für sie hin, wenn niemand zusieht, und sie unterhält sich in der Küche oft mit ihnen. Sie nimmt sie nicht auf den Arm, aber sie bekommt jedenfalls kein Asthma davon, daß sie sich im selben Raum aufhalten.

Das einzige Mal, wo wir wegen der Katzen wirklich Schwierigkeiten haben, ist, als Pa eines Abends heimkommt und die beiden Katzen zwischen seinen Beinen hindurch den Flur entlangwetzen und Kater hinterher. Pa versucht, mit dem Hut in der Hand das Gleichgewicht zu halten und brüllt: »He, Dave! Wann schaffst du uns endlich diese Katzen vom Hals? Ich habe nicht die Absicht, eine Filiale zu Katis Katzenherberge zu eröffnen!«

»Dave wird bestimmt eine Bleibe für sie finden«, sagt Ma beruhigend, aber sie kommt schon wieder ein wenig in Atemnot, wie immer, wenn sie Angst hat, einer von uns beiden könnte die Fassung verlieren.

Eines scheint sich durch diese ganze Katzengeschichte allerdings klar herausgestellt zu haben, daß nämlich die Streitereien zwischen Pa und mir die Hauptursache für Mas Asthma sind. Wir versuchen daher beide, uns zu bessern, und wegen vieler Kleinigkeiten, über die wir früher in Wut geraten waren und gestritten hatten – wie zum Beispiel meine Jazzplatten –, ziehen wir uns jetzt nur noch gegenseitig auf. Aber ab und zu gibt es dennoch einen handfesten Krach.

In dem ersten Halbjahr auf der neuen Schule hatte ich mir unter anderem Geschichte ausgesucht. Es war eine gräßliche Plage – nichts als Predigten über die Regierung und das Staatsbürgertum. Im zweiten Halbjahr wechsle ich nun zu Musik über. Die Schule hat dagegen nichts einzuwenden, wohl aber Pa. Als ich meinen neuen Stundenplan mit heimbringe, fragt er sofort: »Wieso hast du diesmal ein Fach weniger?«

Ich erkläre, daß ich ja Musik nehme und außerdem Biologie, Algebra, Englisch und Französisch.
»Musik!« schnauzt er. »Das ist Erholung, aber kein Unterrichtsfach. Das kannst du in deiner Freizeit machen.«
»Pa, es ist bestimmt ein Unterrichtsfach. Glaubst du, die Schule rechnet mir eine Stunde an, die ich zu Hause neben dem Plattenspieler verbringe?«
»Von mir aus«, brummt er. »Jedenfalls bummelst du dich nicht durch die Schule hindurch, solange ich noch ein Wörtchen mitzureden habe.«
»Bummeln!« japse ich. »Ich habe doch vier Hauptfächer, die meisten Jungen nehmen viel weniger!«
Da kommt Ma hinzu und schlägt vor, daß Pa doch am besten mit mir zur Schule hinübergehen und die Sache im Schulbüro erörtern solle. Das tut er dann auch – und für diesmal habe ich die Runde gewonnen. Ich darf das Fach Musik zwar für dieses Halbjahr noch behalten, aber er sorgt schon jetzt dafür, daß ich im ganzen folgenden Schuljahr für fünf Hauptfächer eingeschrieben werde: Englisch, Französisch, Mathe, Chemie und europäische Geschichte. Ich kann von Glück sagen, wenn ich da noch Zeit zum Atmen finde.
Ich gehe in den Blumenladen hinunter, um Tom etwas vorzujammern. Der Valentinstag ist eben vorüber, deshalb ist das Geschäft leer, und der Boß ist ausgegangen.
»Warum muß Pa seine Nase in meine Schulangelegenheiten stecken? Schließlich weiß die Schule doch, was sie tut!«
»Tja, weißt du«, sagt Tom, »dein Vater wird doch einmal dafür sorgen müssen, daß du in ein College aufgenommen wirst oder eine Stelle bekommst. Manchmal lassen die Schulen es wirklich zu, daß die Schüler

es sich gemütlich machen, und dann sind sie nachher selbst im Nachteil.«
»Hm. Er will bloß in allem, was ich mache, das letzte Wort sprechen.«
»Er sorgt eben für dich.«
»Hm.« Ich bin nicht bereit, ihm das abzunehmen, aber dann fällt mir Toms Vater ein, der nicht für ihn sorgt. Das stimmt mich nachdenklich.
»Und außerdem«, sagt Tom, »ist der Hauptgrund für den ständigen Streit zwischen dir und deinem Vater der, daß ihr euch so sehr ähnelt.«
»Ich soll ihm ähneln? Nie!«
»Und ob. Ihr seid beide ungeduldig und wißbegierig und müßt allem auf den Grund gehen. Solange noch ein Knochen auf dem Boden liegt, beißt ihr beide euch die Zähne daran aus.«
Da kommt Herr Palumbo in den Laden zurück, und Tom macht sich an den Topfblumen zu schaffen. Ich gehe nach Hause und frage mich, ob ich Pa wirklich ähnlich bin. Daran hatte ich noch nie gedacht.
Es ist komisch mit unseren Streitereien. Eine Zeitlang kommen Pa und ich wirklich großartig miteinander aus, und ich denke dann: Na, eigentlich ist er gar kein so übler Kerl, ich werde größer, wir sind einer Meinung und lauter solche Dinge. Dann ist plötzlich alles aus! Ich weiß kaum, wie es dazu kommt, aber schon ist der Krach da.
An Washingtons Geburtstag bekommen wir schulfrei. Das paßt mir prima, denn am Dienstag, dem Abend vor dem freien Tag, läuft eine Fernsehsendung, die ich kaum mal zu sehen bekomme. Sie heißt »Besuch aus dem All«, und die Personen, die darin vorkommen, sind wirklichkeitsnah, nicht nur vorbildliche Typen und Bösewichte. Eine der Figuren ist immer in Aktion

und hält einen ständig in atemloser Spannung, und wenn sich dann alles in einem überraschenden Ende auflöst, stellt man fest, daß diese Figur nicht lebensecht, sondern übernatürlich war. Die Sendung dauert bis elf Uhr, und an gewöhnlichen Abenden läßt Ma nicht zu, daß ich sie mir ansehe.

Ich baue mir also auf dem Boden ein paar Kissen bequem auf und stelle eine große Falsche Sprudel und eine Tüte Popcorn in erreichbare Nähe. Die Geschichte beginnt mit einem kleinen Jungen, der vor dem landschaftlich reizvollen Hintergrund einer Farm und hohen Bergen mit seinem Großvater spielt. Eine Menge Leute kommen vor, aber allmählich wird einem der gute alte Opa immer verdächtiger. Er macht mit dem Kind gerade einen Spaziergang, als plötzlich ein Gewitter losbricht. Gerade da muß natürlich die Reklame einblenden. Als sie endlich vorbei ist, kommt Pa ins Zimmer.

»Na, Dave, alter Junge, heute abend haben wir aber etwas Besseres zu bieten. Der Gouverneur und der Bürgermeister veranstalten eine Fernsehdebatte über die Neuordnung des Schulwesens in New York.«

Zuerst denke ich, er macht Spaß, und deshalb brumme ich bloß: »Wen interessiert das schon?«

Er schaltet auf einen anderen Kanal um.

Ich springe hoch und stoße dabei die Sprudelflasche um. »Pa, das ist nicht fair! Ich bin mitten in einer Sendung, auf die ich schon seit Wochen warte, weil Ma an Schultagen nicht erlaubt, daß ich sie ansehe!«

Pa fährt fort, seinen Kanal zu suchen. »Es tut dir ganz gut, wenn du dir zur Abwechslung mal eine anständige Sendung ansiehst. Morgen abend kommt ja schon wieder ein Wildwestfilm.«

Das ist die Höhe. Ich brülle: »Siehst du? Du weißt

nicht einmal, wovon du sprichst. Es ist kein Wildwestfilm!«

Pa blickt mich pedantisch an. »Du regst dich wegen dieser blöden Sendungen entschieden zu stark auf. Sei still und benimm dich. Hol erst mal einen Schwamm und wisch den Sprudel auf.«

»Es ist deine Schuld! Wisch ihn doch selbst auf!«

Ich bin so wütend, daß ich nicht mehr weiß, was ich sage. Ich stürze den Flur entlang in mein Zimmer und knalle die Tür hinter mir zu.

Ich höre den Fernsehapparat noch ein paar Minuten laufen, dann dreht Pa ihn ab und geht in die Küche zu Ma. Nach einer kleinen Weile kommt er wieder und klopft an meine Tür. Klopft – das will etwas heißen, denn gewöhnlich platzt er einfach herein.

»Nun höre mich einmal an, Dave, wir wollen das wieder in Ordnung bringen. Deine Mutter sagt, sie hätte dir erlaubt, diese Sendung zu sehen, gleichgültig, was es für eine war. Also gut, du kannst sie zu Ende sehen.«

»Ja, jetzt wird sie vermutlich gleich aus sein.« Ich bin immer noch ärgerlich, und außerdem steht Pa noch in meiner Tür, und ich vermute, da ist irgendwo ein Haken dabei.

»Trotz allem solltest du dich aber nicht so über eine alberne Fernsehsendung aufregen, daß du mir so etwas, wie ›Wisch ihn doch selbst auf!‹ an den Kopf wirfst.«

»Hm.«

»Nicht hm.«

»Und ich meine, du solltest einem nicht die Fernsehsendung mittendrin abschalten, ohne dich überhaupt darum zu kümmern, was es für eine ist.«

Diesmal sagt Pa »hm«, und wir stehen nun beide da und regen uns ab.

Ich schaue auf die Uhr. Es ist Viertel vor elf. »Na gut«, sage ich, »ich könnte mir ja eigentlich noch den Schluß ansehen. Tut mir leid, daß ich so böse wurde.«
Pa tritt aus der Tür, läßt mich vorbei und sagt: »Von nun an werde ich dir deine Fernsehsendungen gleich von Anfang an abschalten und nicht erst mittendrin.«
Gerade als ich den Apparat eingestellt habe und mich niederlassen will, klingelt es an der Tür.
»Du liebe Zeit, wer könnte denn das so spät noch sein?« sagt Ma.
Pa öffnet die Tür. Es sind Tom und Hilda. Ich stelle den Fernsehapparat ab – ich habe völlig den Faden verloren, und anscheinend ist der Großvater doch nicht derjenige, welcher. Hilda ist zum ersten Mal bei uns, und Tom stellt sie vor. Dann folgt einer jener peinlichen Augenblicke der totalen Stille, wo alle verlegen dreinschauen, und dann reden wir alle auf einmal.
»Hilda war mit uns am Strand«, sage ich.
»Ich habe Tom erklärt, wir könnten so spät nicht mehr hierherkommen«, sagt Hilda.
»Es ist absolut nicht zu spät«, entgegnet Pa. »Kommt nur herein und setzt euch.«
Hilda nimmt auf dem Sofa Platz, auf dem Kater bereits zusammengerollt liegt. Er blinzelt sie an, legt seinen Kopf wieder hin und schläft weiter.
Ma bringt Kaffee und Kekse aus der Küche, und ich schütte das restliche Popcorn in eine Schale und reiche sie herum. Tom rührt heftig in seinem Kaffee, trinkt einen Schluck und stellt die Tasse wieder hin.
»Der Grund, warum wir so spät kommen«, sagt er, »ist der, daß Hilda und ich den ganzen Abend Probleme gewälzt haben. Wir möchten nämlich heiraten.«
Pa macht kein so überraschtes Gesicht wie ich. »Herzlichen Glückwunsch!« ruft er.

Tom erwidert: »Dankeschön« und blickt Hilda dabei an, und sie wird rot. Wirklich. Tom trinkt noch einmal ein wenig Kaffee und fährt dann fort: »Das Dumme ist nur, daß ich mit diesem Blumenladenjob nicht heiraten kann.«

»Bekommst du nicht genug bezahlt?« fragt Pa.

»Nun, es dreht sich nicht nur um den Verdienst, aber mit dieser Arbeit komme ich einfach nicht weiter, und ich möchte doch vorankommen, darüber haben wir auch den ganzen Abend gesprochen. Schließlich sind wir zum Times Square gegangen und haben mit den Offizieren in den Rekrutierungsbüros des Heeres, der Marine und der Luftwaffe gesprochen. Ich wäre wahrscheinlich in ein oder zwei Jahren sowieso eingezogen worden, und nun habe ich beschlossen, mich freiwillig zum Heer zu melden.«

»Du meine Güte, da werden Sie vielleicht für viele Jahre ganz in den Westen geschickt!« sagt Ma.

»Nein, nicht wenn ich mich zum Heer melde. Ich muß mich drei Jahre verpflichten, aber ich kann mir dafür aussuchen, welche Spezialschule ich besuchen will, etwa diese Flugabwehrtruppe – sie hat irgendwas mit Raketen zu tun. Dabei kann ich mir auch aussuchen, in welcher Stadt ich stationiert werden möchte. Ich kann New York wählen, und wir könnten heiraten. Vielleicht wäre es sogar möglich, daß ich mein Studium an der Abendschule fortsetzen könnte, wenn die Armee mir das teilweise bezahlt.«

»Man könnte meinen, du wärest der Rekrutierungsoffizier persönlich«, sagt Pa. »Weißt du das alles sicher?«

»Ich muß mich noch näher erkundigen«, antwortet Tom. »Der Offizier versuchte sogar, mich dazu zu überreden, die Offizierslaufbahn einzuschlagen und

Berufssoldat zu werden. Aber dann würde ich überall herumgeschickt, und ich glaube nicht, daß das Soldatenleben das Ideale für Hilda wäre.«

»Ich sehe, ihr habt einen anstrengenden Abend hinter euch«, sagt Pa. »Nun schiebt die Kaffeetassen beiseite, dann öffne ich den Sekt, der schon seit Weihnachten im Eisschrank steht.«

Ich hole meine umgefallene Sprudelflasche wieder hervor – es reicht noch für ein großes Glas. Pa bringt den Sekt, und der Korken knallt an die Decke. Kater springt vom Sofa herunter und steht geduckt und mit zuckendem Schwanz da, bereit, sofort in Deckung zu gehen.

Pa füllt kleine Sektgläser und hebt seines Tom und Hilda entgegen. »Zum Wohl, ihr beiden – auf ein langes, glückliches Leben!«

Wir trinken, und dann hebe ich mein Sprudelglas hoch. »Prost, Kater! Tom würde jetzt nicht hier stehen, wenn Kater nicht wäre!«

Das ist wahr, und wir trinken alle auf Kater. Der setzt sich und leckt seine rechte Vorderpfote.

»Ravensburger Taschenbücher« kann man ansehen, anfassen, lesen, kaufen – Prospekte kann man mitnehmen, Information bekommen in Buchhandlungen, Spiel- und Schreibwarengeschäften und Warenhäusern

Aus Geschichte und Zeitgeschichte

229 Baumann, Im Lande Ur (JM ab 12)
97 Serraillier, Das silberne Messer (JM ab 12)
41 Twain, Prinz und Betteljunge (JM ab 12)

Nacherzählungen biblischer Geschichten

46 Bolliger, David (JM ab 9)
130 Bolliger, Daniel (JM ab 9)

Tiergeschichten

235 Baudouy, Der Herr der Felsenhöhe (JM ab 9)
168 de Jong, Komm heim, Candy (JM ab 10)
171 London, Der Ruf der Wildnis (JM ab 12)
10 Reinhardt, Hansel Knopfauges Abenteuer (JM ab 10)

Lieder, Gedichte, Bildergeschichten

184 Schulz, Charlie Braun und seine Freunde (für alle)
158 Seifriz, Das Liederboot (JM ab 12)
164 Viel Glück und viel Segen (JM ab 8)

Spielen und Basteln

190 Baumann, Kasperle hat viele Freunde (JM ab 7)
47 Glonnegger, Spiel mit (für alle)
110 Wollmann, Basteln – Bauen – Experimentieren (J ab 10)

Denksport

202 Dehner, Wer macht mit beim Kombi-Quiz? (JM ab 10)
133 para, Rätselspäße (JM ab 10)
100 Weigl, Rätselzoo (JM ab 10)

Mehr Wissen

26 Press, Spiel – das Wissen schafft (JM ab 10)
146 Stern, Mit Tieren per Du (JM ab 12)
1 Reihe »Farbiges Wissen«: Watson, Dinosaurier (JM ab 9)
11 Reihe »Farbiges Wissen«: Martin, Tierwanderungen (JM ab 9)